U0469595

草根谭

吴士余 | 著

上海财经大学出版社
SHANGHAI UNIVERSITY OF FINANCE & ECONOMICS PRESS

图书在版编目(CIP)数据

草根谭 / 吴士余著. -- 上海: 上海财经大学出版社, 2025. 6. -- ISBN 978-7-5642-4674-7

I. I267.1

中国国家版本馆 CIP 数据核字第 2025PJ0418 号

□ 责任编辑　姚　玮
□ 封面设计　贺加贝

草根谭

吴士余　著

上海财经大学出版社出版发行
(上海市中山北一路 369 号　邮编 200083)
网　　址:http://www.sufep.com
电子邮箱:webmaster@sufep.com
全国新华书店经销
上海颛辉印刷厂有限公司印刷装订
2025 年 6 月第 1 版　2025 年 6 月第 1 次印刷

890mm×1240mm　1/32　8 印张(插页:2)　140 千字
定价:68.00 元

效仿《菜根谭》(代序)

两年前,学术随笔《雾里看花》出版后,便给上海出版界同仁发了短信:“谢幕,致师友!”表示搁笔息文了。原因是,写作是非常辛劳的事,耗费心力太多,并且笔者年事已高,到了该休闲养生的时候。

第二次退休,离开岗位后有较多空闲在网络上打发时间。网络新闻和网评,能及时反映现下的国情、民意,这唤醒了笔者的职业意识,也激发了阅读思考的冲动和兴趣。

网络书写不同于在书斋做学问,较少束缚,不矫情,不粉饰,不追求时髦新词,实话实说,用心去思,激情而发。以前有网络小说,此次试水网络随笔,长则千字,短仅数十行,不拘一格。

收入集子里的网络随笔,均以网名“士余评论”在“今日头条”等社交媒体上刊发。现由吴燕璐女士整理成六辑:沉思录、世象说、股市言、读而思、清史辨、诗文品。其中,“诗·对联(30句)”稍作补充,增加对诗句的审美分析,以助读者品赏。

网络随笔取书名《草根谭》,是效仿明代大儒洪应明的《菜根谭》。

《菜根谭》每章仅数十字，多则近百字，语录式文体。洪氏谈文说艺，采经涉史，纵论道德外世、人生修养；话题杂而不泛，文义聚而不散，集儒释道之精粹，雅俗兼蓄，尽显中国智慧历朝评家称为“处世奇书”。连伟人毛主席也给予赞许：“嚼得菜根者百事可做。”

笔者刻意习《菜根谭》之文风而仿之，寓二意于《草根谭》：

其一，草根喻人。书写之起因是借社交平台与普通大众对话。芸芸大众往往被一些知识贵族戏喻为“草根”一族。笔者则融入其中，引以为荣。

其二，草根命题。随笔之话题均来自普通大众切身关注的命题，如生活的艰辛、民生的焦虑、诚信的丧失、风气的腐化、信仰的迷惘等。行文走笔难免涉及艺文、经史，道德伦理，颇似“菜根”。

如是话题，并非茶余饭后的“八卦”消遣，实是置身社会基层的群体对时运的思考和企盼。

嚼草根，非同嚼菜根，味甚苦涩，但解惑大众之忧患和焦虑，才能嚼出草根话题的真味来。

要适应网络书写并非易事，火候不到便成了夹生饭。是生硬、是烂俗，悉听读者批评。

2025 年　春节

效仿《菜根谭》(代序)

目　录

沉思录

世象说

股市言

读而思

清史辨

诗文品

附录

沉思录

权力三题

(一)权力的本质

权力的本质到底是什么?

笔者目前没有看到国内读本的明晰解读。唯有法国思想家卢梭在《社会契约论》中有此说法:“权力是影响、支配、控制他人的能力,权力来源于权利。”“强力并不构成权利,而人们只对合法的权力才有服从的义务。”“合法权力来自社会契约。”卢梭兜了个打圈子,只谈了社会契约与权力的关系,并未对“权力的本质”下定义。

现参考西方政治学理论作一简单概括,仅供参考。

权力是指,对某些群体、某些部门在行为上、影响上的综合控制能力。

包括有形权力(如在经济、文化、军事等方面拥有的实力或支配能力);

无形权力（在思想意识、信仰、素质方面的影响力，自身的领导能力）。

总之，权力是实现对某些目标控制和决策的一种根本手段，是维护影响力（权威）的基本保证。

（2024—03—28，09:35）

（二）权力是什么

权力是什么？

权力，是为社会的公平、公正、正义而承诺的责任和担当；不是炫耀地位、身份的资本。

权力，是清扫罪恶、丑陋的利剑，不是交换黄金屋、温柔乡的砝码。

权力，是同舟共济的加速器，不是内卷、攻讦的工具。

权力，是廉正能吏的睿智和能力，不是官僚作秀的权术。

权力，恪守人格平等，不搞主仆式的人身依附。

权力是紧箍咒，严于律己，甘作孺子牛；不是拒绝约束，我行我素。

权力的威信，来自民众发自内心的拥戴，不是靠旁门左道，自我粉饰。

权力是双刃剑:在贤者手中能为民众造福;在宵小手里为一己私利,与资本合谋,搞乱社稷,动摇国基。

(2024—06—05,06:33)

(三)关于权力的讨论

权力到底是什么?

权力,是个中性词,本身并无倾向性的含义。

只有将“权力”置于政治取向、政治伦理以及当代政治语境的范畴中考量,权力才会显示出应有的社会性(包括阶级性)、功利性以及权力人格化(即掌权者)的特征,“权力”一词便被赋予特定的含义。

讨论权力,并不拘泥于一个节点(如权力的功能),应该是诸多层面的:政治的、经济的、思想意识的;这便可牵引出诸多潜在而深层次问题,如权力与政治制度、权力与资本、权力的道德伦理、权力的人格化等。

这样,对当代社会的权力观讨论便有了建设性的现实意义。

(2024—06—06,08:37)

反腐要关口前移

在反腐风暴中落马的贪官，有着共同身份和特征：掌权者，权力个人化。这在不同制度的社会里有其普遍性，而特权又将其演绎得更为突出。

英国学者保罗·科里根把这一现象称为：掌权者的权力陷阱。为论证这一观点，作者特地列举莎士比亚的经典戏剧《安东尼和克莉欧佩特拉》，诠释的主题是：个人的绝对权力与权力危机。对戏剧经典的审美，保罗解读出权力个人化的一些表现形态：安东尼凭显赫战功登上执政官的权位，“权力属于他个人”，唯我独大，仅凭个人意志自由行使权力。（见《莎士比亚论管理艺术》一书）。

极权者，处境迥异，失败的结局却殊途同归。安东尼将权力私人化，把权力作为攫取财富和美女的工具，结果死于罗马帝国的刀剑之下。

权力角色，揭示了一个颇有现代意义的政治伦理：权力个人化是导致公共权力蜕变的一个重要诱因，其结果必然会引发权力危机。

将莎剧审美体验运用于现代政治管理学，审视掌权者的权力观，就有了启迪意义。若审视现在落马的贪官腐吏，他们的权力意识也呈现了这样的逻辑——职位是上级给的，职务权力（地位、身份、头衔）是个人权威的标志；权力是来自个人的功绩和能力，可以凭个人的意志行使权力；在公共权力与职务权力的互动中，权力被个人化，甚至私有化（即公权变私权）；权力的个人化过程，拒绝对权力的制约。

被异化的权力观导致公共权力的滥用，引发权钱、权色交易。其恶果是严重破坏国家的公信力，动摇共和国的根基。所以，反腐，要关口前移，必须遏制权力的个人化。

（2024—06—03，10：28）

历史的周期率

1945 年 7 月，时任国民党政府参政的黄炎培访问延安。目睹解放区的万千气象，黄炎培感叹不已。毛主席在杨家岭窑洞接见黄老，一场关于“历史周期率”的谈话记入了历史。这便是中共党史上著名的“延安窑洞对话”。

历史周期率，是黄老积数十年思考而未解的难题。

黄老说，我生 60 年，亲眼看到中国历朝一部部兴衰历史，其“政怠患成”的也有，“人亡政息”的也有，“求荣取辱”的也有。“一人、一家、一团体、一政党、一地方乃至一国”，都没有能跳出这个周期率(律)的支配(即，从艰苦创业到腐败灭亡)。

黄老至为诚恳地问：“共产党会不会重蹈前人的覆辙？希望贵党能够找出一条新路，跳出这个周期率的支配。”

毛泽东主席回答：“我们已经找到新路，我们能跳出这周期率，这条路，就是民主。只有让人民来监督政府，政府才不敢松懈。只有人人起来负责才不会人亡政息。”

黄老对历史的逻辑存有深深的忧虑。毛泽东主席则对历史的创造充满着自信。然而,这次讨论仍引起毛泽东主席的深度思考。

两年后,在七届二中全会上,毛泽东主席严肃告诫全党,要警惕资产阶级思想侵蚀,并作出“两个务必”的决定。现下,离这次讨论已过去七八十年,关于“历史周期率”是否还值得讨论?该怎么回答?

(2024—09—12,08:49)

甲申年的警示

1644，农历甲申年。中国历史上最后一个汉族封建王朝覆灭，历经276年。“甲申”，史称“明亡之年”。同年，李自成率农民起义军，在西安建立“大顺政权”。后北上攻克北京，仅42天后，“大顺王朝”解体。自起义至解体，李自成却奋战了18年。二件大事成了中国明清朝代更替的重要史事。

1944年3月，甲申三百周年，郭沫若先生以二件史事撰写了专题文章《甲申三百年祭》，在重庆《新华日报》连载。文章引起延安中共高层的高度重视，列为延安整风(1942—1945)的重要文件，并通告全党以史为鉴。毛泽东亲自致信郭老:“你的《甲申三百年祭》，我们把它当作整风文件看待。”后又在《学习和时局》一文中特别指出印行《甲申三百年祭》的目的，“也是叫同志们引为鉴戒，不要重犯胜利时骄傲的错误”。中共党史将这件事称为“甲申对”。

一篇历史纪念文章在中共党内引起如此强烈反响，这在中共党史中并不多见。郭老讲述了两个核心问题:一是明亡的原因，二是李自成新政权瓦解的教训。二个政权的消亡，又一次印证了“中国的历史周期率”。

明亡的根本原因是内部腐败。无论是明末饥荒天灾，还是饥民暴动，均是政治腐败促成的。郭老的文章警示：“一个政权自身腐败，若不能有效解决社会矛盾，终将走向衰落和灭亡。”

李自成政权的解体牵出另一层面的教训：遗忘革命起义的初心，胜利之后的昏昏然，腐化蔓延。明末重大灾荒促成了李自成农民起义的转机。“迎闯王，不纳粮”，深得民心，使之三天便“陷北京，覆明室”，几乎完成了他的大顺朝创建。

进北京后，李自成却弃农民利益于不顾，热衷于筹备登基大典。政权高层或是急于招揽门生，培植一己势力（丞相牛金星）；或是搜括钱物，严刑逼财，纵容部下抢掠民财，甚至霸占吴三桂之妾陈圆圆（刘宗敏），直接引发吴三桂投清。

新政权迅速腐化，对复杂局面缺乏及时、有效的应对。郭老文章结尾有段十分深刻的评说：“自成的大顺朝即使成功了，他的代表农民利益的运动早迟也会变质。”这个警示振聋发聩。郭老建议，“甲申年”应是“值得纪念的历史年”。笔者十分赞同。

今年是《甲申三百年祭》发表80周年，重读该文仍有警示意义。

（2024—10—02，12:02）

警惕“红顶商人”现象

权钱交易，有个突出的表象：“红顶商人”现象。

“权钱交易”的泛滥，标志着这个社会盛行二个价值准则：权本位与钱本位。权与钱形成互惠互联的政治—经济关系，也衍生出特殊的群体“红顶商人”。

清晚期便是如此。为维持地方财政，除了向百姓征税，主要是依赖商人交钱。商户要生存、发展，必须获得资源再生产，商品同时还需要流通。依托官员手中权力是最有效、最便捷的途径，可以迅速产生利润，上交更多钱，之后又能获得更多政治利益。周而复始，形成官商权钱交易的封闭循环。

一个突出典型，就是“红顶商人”胡雪岩。胡雪岩，历史上称之为晚清的商业奇才。其实，他的发迹就在于权与钱的互惠互利。

胡雪岩原执业杭州一家小钱庄。资助了后来成为一品大员的王有龄赶考（科举入仕后任杭州知府，浙江巡抚），获得回报。后者利用职权，以官府名义在漕帮、外商买办中为胡雪岩建立人脉网络,提供资源和商机。不过二三年,胡雪岩便做大做强,开设连锁钱庄、当铺、药铺,兼营茶丝行业,迅速暴富。

胡雪岩发迹后,又傍上封疆大吏左宗棠,为其筹措钱粮军饷,将各地钱庄分号为京城大佬充当"外库"、"寄存"钱财。如此一番操作,经左宗棠保荐,得了个"四品顶戴"。胡的私产由此迅速膨胀。晚清笔记《一叶轩漫笔》有记载:"富可敌国,资产半天下。"

胡雪岩的成功,实际上就是权本位与钱本位的合体。拥有权力的官员成了他的"保护伞","保护伞"与"红顶"的政治效应,加速了私人利益的扩张。若以这一历史现象审视反腐斗争中存在的"权钱交易",有着相似之处。"红顶商人"现象,也为反腐斗争深入提出了深层次问题:反腐要深入,就需要打破政治利益与经济利益互惠互利的恶性循环。

(2024—10—06,06:59)

探春的家政

红楼中的贾氏家族由繁华兴旺到破落，折射了清王朝先盛后衰的历程。贾府的衰败，是因经济不振，走下坡路了。贾府家奴之婿冷子兴有段评说："……主仆上下，安富尊荣者尽多，运筹画者无一……外面的架子虽未甚倒，内囊却也尽上来了。"

贾府的富二、富三代极尽富贵排场，却无持家之人，败落则是早晚的事。主持家政的王熙凤趁小产告假，抽身出局，作壁上观。王夫人不得已搭班子救急。大媳李纨、未来二媳宝钗，再加上三丫头探春。前两位，要么唯唯诺诺，要么未过门，唯由探春撑摊子了。探春主持家政，做了三件事，实实轰动了贾府上下。

第一件事，用权不徇私，按规矩发付母舅赵国基的丧葬费。赵某虽是探春的亲舅，但毕竟是贾环的陪读奴仆。探春不徇私，按贾府奴仆丧故的标准办丧。生母赵姨娘责问："多发二三十两银子，又使不着你的银子。"在贾府，化公为私、占便宜实是司空见惯。前任凤姐就是如此，有权不用过期作废。探春则铁面无私，硬是顶了回去。

第二件事，破特权，革除主儿们的不合理津贴。贾府败落的一个原因：巧立名目，重复开支，中饱私囊。王熙凤按主子们的身份、等级，特批津贴。如宝玉、贾环、贾兰上学的点心费、纸笔费，哥儿们年幼，此类津贴实是进了袭人、赵姨娘、李纨的口袋。贴身丫鬟平儿露了底，凤姐不过是按身份支付各种津贴，在此名目下名正言顺地为其自身大做“文章”（可谓特权制度化）。

第三件事，揣掉铁饭碗，开源节流。探春发现，大观园里“一个破荷叶，一根枯草根子，都是值钱的”，便出了一招：挑几个本分而知园艺地去经营，辞退一大帮子花匠、打扫、杂役等闲人，既揣掉了裙带关系的铁饭碗，又可以让管园艺的“专司其职”。一进一出为贾府每年增加四百两银子。

探春的家政所为，让前辈红学家王昆仑先生赞叹不已。早在20世纪40年代便专门做了评语：“她是行将没落的侯门闺秀的一个改革者。”探春的新政实是挑战了凤辣子的权威。于是，贾府“内卷”不断，最终闹了个“检抄大观园”，王熙凤重掌家政，一切复旧。

探春虽败犹荣，毕竟对封建制度叛逆了一回。

（2024—09—30，09：15）

信仰与危机

重塑社会信任的基础是什么？信任，是对道德信仰（包括准则、价值取向）认知和评判的一种表达形式。

社会信任关联到国家道德。国家道德从何形成？前辈经济学家王亚南说得很精辟，“从物质生产和交换的经济条件中取得道德观念”。故而，国家道德的建立“都出自这个社会的政治、经济制度”。

国家道德是以公平、公正原则营造政治经济制度，还是发展“自由资本”，顾及既得利益者，造成分配不公？后者是道德信仰的失落。

国家道德往往通过公务员得以维护和体现。公务员究竟是甘做人民公仆，恪尽职守，做廉政能吏；还是维护特权，与资本合谋，以权谋利，做官僚渎职，搞形式主义，昏庸无为？后者，则是道德信仰的堕落。

社会信任不限于个人之间，更多是对国家层面。当缺乏社会信任时，意味着国家遭遇信任危机。社会信任表达的是一种对社会制度,即国家道德的认可与否;是以社会大多数人民群众利益作为评判标准的。当社会出现不公平、不公正时,信任危机便不可避免。国家道德危机与社会信任危机是共生体,前是因,后是果。如何重建社会信任,便不言而喻了。

(2024—05—19,11:38)

守住道德底线

是道德重要还是金钱重要？讲道德，并非不食人间烟火，无七情六欲。但道德也不是抽象的概念，而是人的信念、伦理、价值取向、行为规训的基本准则；涉及个人修养、从良行善、人际交往、崇俭戒奢、言行举止等诸多方面。古人常言，礼义廉耻，讲的就是道德。

清朝雍正皇帝在执政时，敏锐地看到一个问题：官场腐败与道德腐化是互为因果的。官吏腐败必然导致社会风气的腐化，道德沉沦；金钱至上、贪婪财富的道德败坏更进一步催生大面积官场腐败。由此，雍正在铁腕肃贪的同时，自上至下造势道德教化。雍正以礼义廉耻为题，对高官权贵作了一次道德教化的宣讲：

礼。礼可分大小，大者“立教明伦”，小者“进退周旋，俯仰揖止”。也就是，从大局而言，遵礼是让民众立道德风尚、明悉伦理规范；小处着想，则是熏陶个人谦恭的修养。

义。大义，“开诚布公，荡平正直”。小义，“诺不欺，出入必谨”。大义说的是追求公平、正义，人际真诚互信；小义讲究个人谨慎，不以力制人，不以财欺人，不以势压人。前者是指社会诉求，后者则是个人行为的约束。

廉。大廉，“理财制用，崇俭为本”，致力天下人均能富足，“贪官污吏无以自容”；小廉，“箪食豆羹，一介不取”。廉洁的官风，洁身自好的个人，应该不取非分之食。

耻。大耻，君者“以不为尧舜为耻”，臣者“以一夫不获其所为耻”。小耻，“不失言于人，不失色于人”。也就是说，君臣若不能以善政而治天下，不能实现朝野、万民的和谐，则是治政者的耻辱。而言不能信、行不求果、口是心非者，则是个人的耻辱。

雍正明白无误地划出了官民必须遵守的道德底线。尽管是数百年前的封建王朝，但完全可为当代国人所借鉴。

当下反腐倡廉工作不断深化，言道德与金钱的取舍，首要是认知道德是什么？怎样守住道德的底线。

（2023—11—22，08：36）

对社会风气的思考

近期，自媒体发表了一些忧国忧民的文章，颇有感触。要探寻社会风气腐化的原因，还须有理性的思考。笔者试说几条：

1. 一切向钱看，已成为部分人的生活目标和行为准则

谋富嫌贫造成人际冷漠与隔阂，互助大爱被销蚀；为求富脱贫而相互内斗，争权夺利；兄弟姐妹为财产而争斗已屡见不鲜；更有甚者，诈骗成为谋生求富的手段。

2. 贫富差异，扩大了社会矛盾

国家统计局发布我国 2022 年贫富差异系数（基尼系数）达到 0.47。社会地位、资产、权力成了所谓“精英”的标志。大龄青年不想结婚，部分青年人就业难，仇富成了少数贫者的宣泄口。

3. 忘却初心

有些官员忘记了“全心全意为人民服务”，是中国共产党核心价值观的基本构成之一。为人民服务的一个核心理念是，官员是人民的公仆，是服务于人民的。

（2023—11—20，09：21）

冷漠:一种社会焦虑

进入现代社会,人们的生浩方式、习惯发生质的变化,由此也带来人际关系的变异。诸如:

居住环境。高楼居宅如同水泥方块,封闭式生活环境下,邻居互不干扰,自然也不相识、不相知,在电梯小空间打打招呼而已。昔日四合院、石库门里弄的喧闹、嘈杂不复见,邻里的亲近也已消失。老人们常常缅怀一句老话:远亲不如近邻。

工作环境。科技发展,大多工作是在电脑上完成的。生产流水线已数字化控制,工作是听指令,各自为战。此外便是挤公车、地铁,早八晚五。工作时是独行侠,家被当作是休息室。

业余生活。大多数人几乎没有社交。虚拟网络、电视荧屏,是单向道的社交,没有沟通与交流的空间。

退休时光。告别熟悉群体,唯一的联系便是电话或微信的早晚问候。

总之,社会人成了脱群者。缺乏思想、情感、兴趣志向的沟通、交流,导致了人际关系的疏远和冷漠。实际上这是一种社会焦虑，是一种现代病。

人的情感方式可以变成内向，但决不能孤独，不能没有宣泄和交流。这就是为什么节日游那么火爆和疯狂？实际就是一种情绪的表达和释放。

现代社会的冷漠，不摒弃外表上的谦逊和礼貌，只是在心理上、情感上、行为上拉开人际的距离，造成社会的种种隔膜。

冷漠喻示着社会和谐只是表层社会相。

冷漠，将给人们留下什么样的思考!?

（2024—05—25，08:37）

关切心理焦虑

时下，社会种种不和谐现象常常引发人们的焦虑。诸如，职场的升职、内卷，学子的升学、就业，婚恋的破裂，家庭冷暴力，人际关系的淡漠，信任的危机等。社会失衡导致人们意识的混乱和行为的怪异，这种心理认知出现的困惑，在心理学上被解读为心理焦虑。心理焦虑时时存在于人与人、人与社会之间。

例如，亲戚朋友之间的借钱还债。在寻常人的潜意识里，都有一种羞于启齿、隐藏内心深处的“情面”意识。熟人的经济往来出现债务纠葛，双方潜意识都有情感得失和心理紧张。欠钱一方，感到还债的紧张；债主慷慨借钱完全是人情主动的意识，而催债硬逼又显得不合情面，这便构成心理意识的悖论。结果出现这样的场面：催债比借钱更难开口。意识指向迷乱，自然滋生行为障碍的心理困惑。一旦这种个体的心理焦虑被群体化便成为社会焦虑。

又如，在社会转型中，人们常有一种“活得累，身心疲惫”的心理感受。活得累,是一种个人与社会、个人与自我之间心理失衡造成的困惑。它的具体表现是,挫折感、失落感、无力感以及无信任感。表面上,因家庭、事业、婚恋、社会环境等不顺心而引发躁动不安和无奈的消极情绪,在其内心深处,却是人们在现实中得不到满足而诱发的心理失衡。这是对诉求亢奋的紧张,又是难以承受挫折的沮丧,复杂的心理情感便构成了充满浮躁感和失落感的焦虑。

焦虑,应引起个人和社会的关切,引发心理失衡的精神状态,往往会产生一种愤世嫉俗的极端情绪。

在社会转型期,人们要超越心理焦虑和疲惫感,已不能简单地用道德的自我完善求得解决,还需要人文关怀和心理疏导。

(2024—06—15,10:44)

回归马克思

据主流媒体报道：马克思研究“世纪性凯旋”的两件大事，一是英国广播公司 BBC 与路透社做的民意测验，马克思被公众评选为“千年第一思想家”；二是西方重启马克思研究热，尤其是德里达的《马克思的幽灵》引发了“马克思当代性”的讨论。学界将这两件事看做“马克思思想的当代复兴”。这在马克思的思想遭到教条主义肢解和自由主义挑战的当下，是值得深思的。

由思想巨人马克思，马克思主义，想到了中国伟人毛泽东，毛泽东思想。

毛泽东思想是马克思主义与中国革命实践相结合的产物，也是中国共产党人智慧的结晶。可以说，毛泽东思想是最系统、最完整的思想体系。然而，在 20 世纪 80 年代同样遭到自由主义思潮的肢解、抹黑和攻击。

如今，“回归马克思”的同时，是否应该重启毛泽东思想研究？是否应该结合中国改革开放实践，吸纳毛泽东思想的智慧、理论？

（2024—05—13，07：34）

毛泽东留下的主要理论著作

毛泽东同志为中华民族解放事业做出了巨大贡献，他缔造了中国共产党(缔造者之一)、人民军队;建立中华人民共和国、领导社会主义革命和建设;为中华民族留下一系列宝贵的政治遗产。

这一系列政治遗产继承了中华民族优秀的文化精神，将马克思主义与中国革命实践相结合，创建了完整的、系统的思想体系。其思想理论涵盖了——

哲学：《矛盾论》《实践论》《反对本本主义》《人的正确思想从哪里来的》。

系统阐述了要发展辩证唯物主义的认识论、反映论，以及对立统一规律的方法论。

政治(执政)：《新民主主义论》《论人民民主专政》。

创立以民主集中制为原则的政体，各革命阶级联合专政的国体，人民民主专政的国家政权。

科学社会主义：《论十大关系》《论人民民主专政》。

用马列主义基本原理与中国社会主义建设具体实际的“第

二次结合”，探索中国现代化：社会主义的改革思路是“改革上层建筑，解放生产力”；“社会主义经济，是社会主义原则在经济上的体现”；否则，“变成实际上的资产阶级的国家”。（《毛泽东文集》，转引自中央党校网）

人民：《正确处理人民内部矛盾》。

确定这是党和国家政治生活的主题：加强社会主义民主法治建设、文化建设，以及执政党自身建设。

军事：《论持久战》，论人民战争。

确定党指挥枪、政治建军等基本原则；创造克敌制胜的灵活机动的战略战术。

党建：《纪念白求恩》《为人民服务》《愚公移山》。

执政党必须坚持为人民服务的宗旨，保持党的优良作风；严格贯彻党的民主集中制，维护党的团结统一，接受党内外的双重监督。

经济：《论十大关系》。

毛泽东同志系统化的经济学说。对社会主义经济建设一系列基本问题进行深度思考和阐述，对其中学理和理论内涵作详细的理论诠释，奠定了中国当代经济学说的逻辑起点；构建了中国工业化体系。

文学艺术：《在延安文艺座谈会上的讲话》，推陈出新，双百方针。

确立以人民为中心的文艺工作的方向、原则、立场;强调“文艺为人民群众服务”,解决好“立场问题、态度问题、工作对策问题、工作问题的学习问题”。

教育:确定必须贯彻“立德树人”的教育方针;培养“有社会主义觉悟的有文化的劳动者”;加强“思想政治教育”。

历史:《改造我们的学习》,“如何研究中共党史的讲话”,《资治通鉴》等古代经典的批注。

“以数千年大历史观之”的历史观,俯瞰兴亡成败,继承历史遗产,以资鉴今,“改造中国与世界”。

国际政治:划分三个世界的战略思想,不称霸。

既是国际政治学理论,又是处理国际事务的方法论,是形成国际统一战线的理论创新。

伦理:《伦理学原理》批注(原著仅8万字,批注1.2万字)。

建立符合人民利益和中国社会发展方向的伦理秩序,确立人民主体的价值观。

毛泽东的理论著作、单篇文献、批注论断,几乎涵盖了人文社会科学的各主要领域,他的理论是中华民族五千年文明史的一个思想高峰。可以说,毛主席的政治遗产是推动中国历史进程的思想指南和精神动力。

美国《时代》杂志将毛泽东评为20世纪最具影响的100人之一,实至名归。

(2024—12—29,08:48)

思考,人的尊严和价值

读过最有哲理的一句话:

人为了思考才被创造,

人是为了思考而生的。

——帕斯卡《思想录》

思考,应该具备二种素质:一是善于在现象中发现真知的洞察力;两是力戒个人的主观臆断和感情偏激。二者构成了思考的反思意识。

帕斯卡认为,唯有这种思考才是人的“全部尊严”和“全部的价值”。(《思想录》)

(2024—04—20,04:20)

知识分子的二重人格

中国现代的知识分子追求什么？有关知识分子的话题值得深入讨论。这次谈谈知识分子的二重人格。

知识分子是文化创造的主体，也是文化传承的主体。知识分子在创造、传播、继承民族文化的同时，也受着某些传统意识抑制社会发展的精神负重，因此，使这一群体呈现二重性的文化人格。

文化人格，是人类的一种本质属性，是某一社会群体的价值目标及行为方式的心理机制。例如，古代文人以修身、治国、平天下的人生观为最高价值目标，但在文化人格层面的表现只是："先天下之忧而忧，后天下之乐而乐。"古代文人的心理崇尚"明德""至善"，而不是对统治制度做理性思考和改革。这与西方文人的启蒙思想迥然不同。这就是中国古代文人的一种文化人格。

当代知识分子继承了"至善"的道德伦理，对"廉政""整肃"的强烈呼吁，直接表达对腐败现象的鄙视和忧患意识。但是，这种忧患意识只是停留在道德求善的文化层面，没有真正关注为改变现状而献身的人格意识。尤其对置身的职场则采取选择性失明，采取回避、缄默态度。原有的公平、正义呼吁逐渐淡化，演绎成情绪宣泄和牢骚。

知识分子较多“静观的人生”，少有“行动的人生”。这种行为意识形成了封闭型的生活圈。这必然导致知识分子对社会认知出现主观与客观相悖的倾向，即会呈现一种两面性的人格：一是自视甚高，脱离社会群体，滑向精神贵族；二是热衷清淡，高谈阔论，弱化改造社会的行为。

“重名”成了知识分子谋求社会地位增值的手段，结果成了人格负值化的一个致命诱因。知识分子的正面形象很是庄重，所谓“士志于道，而耻恶衣恶食”，给人以“轻利”的道貌。

但这类人格的心理深层是脆弱的，它摆脱不掉物质贫困、生存焦虑的痛苦。于是，内心与外表的不一致便在行为规范上出现二重人格。

一是“穷则独善其身”，以清贫、忍耐维护知识分子“重名”的气节；二是无法逃避现实的命运，采取“学而优则仕”之信条，不满社会的阶层固化，为改变自身社会地位，不得不以生存竞争来取代“重名”的尊严。于是，以学谋仕、以权谋利、贪利嗜势，知识分子的人性负面毕现。

重铸文化人格、更新行为规范，这是当代知识分子应思考的问题。

（2024—06—12，12：14）

另类专家的不逊

一些专家、学者出言不逊，激起坊间民众的愤怒，群起讨伐。过后，又有专家信口开河，风波再起。此现象值得一议。

因话语出格，尚且以另类专家称之。先列几条：

×教授：百姓要学会下跪，争得当官的爱民之心。

×教授：老百姓的工资太高，不能提高劳动者的工资。

×专家：取消退休金，退休后还可再就业。

×教授：中国人没那么穷，谁家没个50万元。

×经济师：年轻进厂打工，不能只考虑个人收入。

×教授：适当处罚不生孩子的年轻人。

也许另类专家是为政府献计谋策，殊不知这些言语是对基层民众人格的污辱，或许还会带来无妄之灾。

笔者怀疑，搞经济的，是否真正懂得当下经济、政治生态的复杂性？是否真正读懂政治经济学、经济伦理学？搞人文的，也许是要唤醒当下官员的良知，但把自己穿越到封建社会，将民众分为三六九等，下跪当奴才。

这些悖违民意的言论,倒是点出一个严肃问题:另类专家需要再教育,去观察社会变革和利益调整引发的深刻矛盾,去观察民众在现实生态中的艰辛,谨言慎行,脚踏实地。

笔者想起了人们拥戴的前辈学者、专家:钱学森、孙冶方、李四光、竺可桢等,诸老有坚定不移的爱国忧民、以民为本的信念,鞠躬尽瘁死而后已的精神,报效国家和人民的高尚人格与气节。没有信念、心中没有人民、没有道德情操和人格的专家,只能将自己沦为某种工具。持知识、一技之长而充当精神贵族,视民众为贱民,实在不可取。若固执己见,或别有企图,视民众如蝼蚁,这就走向反面,堕落成异类。

另类可教可救,异类可憎可恶。其结果必为民众"千夫指"。

(2023—12—24,09:47)

知识精英不要贵族化

近年，一些颇具“身份”的知识精英饱受民众的批评，愤青的愤怒几乎达到灼热的程度。其缘由是，不少知识精英为政府“献策”，均冒犯了民众的利益（如取消退休养老金，让退休者自食其力）；肢解国家政策（如不愿生育的青年应罚款，给外国留学生超国民待遇），危害粮食、食品安全（鼓吹转基因，向学校倾销预制菜）等。知识精英如此乖张的言行，确实令人不堪。可惜的是，这些知识精英至今仍固执己见。除了不谙国情民意的原因，重要的一条是将自己贵族化。

他们信奉西方流行的知识分子身份认同。所谓知识分子群体，有“普通的知识分子与特殊知识分子”之分（福柯）；精英知识分子是“特立独行、有不同于流俗见解的人”；旧有的“知识分子”概念“正在逐渐消失”（詹明信）。显然，这些在媒体、讲台上作秀的精英确是把自己视作“特殊的知识分子”，语必惊人，石破天惊。由此，便出现了不是研究农作物的院士联名上书（实是文谏），消灭传统种子，推广转基因植物的戏码；某科学院士变成天真哲学家的笑话。

作为现代知识分子，无论其身份及其知识语境，总是脱离不了当下的社会体制、社会现实及国家意志、民众的利益诉求。超越现代社会经济、政治文化以及国情民意的知识分子是不存在的，这是知识群体天生的依附性。也就是知识精英必须是社会的一员，而不是凌驾社会、民众的贵族。

“今日头条”曾发表过二张照片：一是袁隆平在稻田里察看稻穗的长势；二是某院士在铺红地毯的田埂上潇洒行走。这便是知识精英平民化与贵族化的区别。知识精英的贵族化常把现代化知识演绎成“文化权力”（詹明信）。某院士直言，推广转基因，只要法律不禁止就可行，不必理会民众（大意如此）。“精英”为何会引起民众的强烈不满，实质是将科学文化变成强加于民意的一种“符号暴力”（詹明信），制造或是扩大缺乏正义与公平的不平等。

知识精英的贵族化，实际是一种身份认同的偏执。唯有回归平民化，才会获得民众的拥戴，才能充分发挥创造性的独特作用，作出重大贡献。

（2024—06—07，10:28）

四谈莫言现象

莫言文学现象

莫言的作品是当时文化语境和思潮下对社会做出判断和价值诉求(包括审美的、政治的),现下对莫言作品的批评,实质上是对“莫言文学现象”,即当时文化语境、思潮、价值取向下的文学创作(包括评奖)进行反思和重估。

(2025—01—20,21:30)

文学背后的思潮

讨论“莫言文学现象”,应关注一个本质问题:文学背后的思潮。

20 世纪 80 年代,各种西方思潮涌入东方大国,影响和改变着一度“封闭的”意识形态，也包括文学创作。其中尤为突出的是萨特的存在主义哲学和美学观，对东方大国文学创作的冲击和影响。

萨特的成名作小说《厌恶》、戏剧《禁闭》，使他的影响力跨过哲学而融入文学界。其文学的美学取向是，对人的绝望、恐惧、孤独心理的窥视和剖析。文学作品大多没有完整的情节链，主要描写人性的忧郁、愤懑、压抑，要诉求的主题就是：世界是荒诞的，人是毫无意义，没有存在之必要。萨特的文学作品，体现了他的存在主义哲学观：“他人就是地狱。”萨特的美学原则对20世纪80年代及以后的中国文学创作影响是不言而喻的。

现在讨论“莫言文学现象”，是否也可以置事这一思潮的背景之下？

文学创作往往是通过形象创造表达对生活的一种态度和价值评判。作家可以从生活内在动力的驱动激发创作。正如莫言先生近日在香港大学发言中所说，我的使命就是揭露生活的黑暗（大意）。这并没错，也是现实主义文学的一个命题。但，作为主流的文学创作无法摆脱政治话语及意识形态指向的约束。

这毕竟是事关中国文学发展的大事。

（2025—01—23，10：04）

文学是显性的意识形态

笔者提出“莫言文学现象”讨论，是希望社会舆论不要对莫言先生做过度的道德评判，也不希望言论极度的情绪对立（有的捧上神坛，热衷于贴“伟大的”标签，有的要打成黑作家）。这都不是理性的文艺批评。

讨论“文学现象”，目的是推动当下的文学创作。因此：应该投注于20世纪80年代政治文化思潮对莫言一代作家的美学思想和文学观的影响；投注于这一代作家的文学观对当下文学创作有何积极或消极的示范作用？

莫言先生坦率承认：“你是一个20世纪80年代开始写作的人，如果说，没有受到欧美，拉美文学的影响，那就是不诚实的表现。”正是如此，他坚守“以暴露生活的黑暗的文学使命”。

持类如文学观的作家群往往在作品里留下这样的足迹：现实主义，批判现实主义，存在主义，虚无主义等。

有的在探索中前进，回归和发扬现实主义；有的则是迷惘，犹豫；当然也有坚持一己的文学观（如莫言先生）。

这些作家的作品和影响力使其人文意识和价值取向对当下创作既有榜样引领作用，也有消极影响，故需要正本清源。

现在的文学创作生态极不乐观。有报道，不少文学报刊停办。有的已在停办路上。阵地放弃，说是无力经营，实是无信心坚守。文学失落，被边缘化。取而代之的，则是媒体平台经久不衰的“短视剧”。其文学主题单一：金钱至上，权力崇拜，暴力肆虐；人分等级，无人格尊严，无信仰，无道德底线，无伦理秩序而言。虚无主义哲学被演绎得淋漓尽致。这样的文学生态难道不令人担忧？

理性评估莫言一代作家在当代文学史中的地位，是考量和评估当下文学生态的一个重要标目。

如今，社会的变革正处在关键时刻，文学创作应当成为中华民族的一种显性意识形态。

时代需要鼓舞人心的主流的文学创作。

（2025—01—30，09：11）

一个不能回避的问题

莫言现象的讨论还在继续。由此，想起20世纪80年代一桩文坛旧事。

当时，西方政治文化思潮涌入国门。中国台湾作家柏杨凭借西方自由主义的伦理评判中华民族。一本《丑陋的中国人》竟轰动了华夏大地。年轻的学子因所谓的“劣根性”开始质疑自己的民族。“丑陋”热也由此席卷舆论场。粉丝们以“写真实”是文学创作的根本逻辑将柏杨捧上神坛。

至九十年代，自由主义思潮遭到批判，柏氏热被冷却，作家跌下神坛。但某些中国作家的柏杨情结却挥之不去。类似“审丑”的创作观逐渐演变成一种文学现象。

这便向文学创作、通识教育、社会舆情提出一个严肃而不容回避的问题：

如何评判中华民族的历史形象?!

（2025—04—04，09:50）

高考改变人生

“高考改变人生”已成为社会共识。其实，新中国成立三十年间，高考并非选拔、培养人才的唯一途径。政府营造一个宽松良好的政治文化环境，鼓励“自学成才”。“天生我材必有用”，成为当时一代青年励志的精神动力。“行行出状元”是当年流行口号，获得社会的认同和尊重。这一复兴时期，有不少经过高等教育成才的专家，但更多是民间脱颖而出的人才，成为托起共和国的基石。如今，社会构成和意识形态起了变化。“高考改变人生”的意识，由于下列原因而不断强化。

其一，社会阶层的体现。现下，就业、提干的首要条件是学历、文凭。大学本科仅是起点。高考便成了改变身份的第一道关。

改变身份须经过中考、高考二次分流，能得本科资格的仅占其中的1/4。

按学历获得相应身份是：知识白领（本科以上），蓝领（大专、中职），分别进入社会阶层的不同等级。人分三六九等的旧观念泛起，进一步固化了社会阶层。

其二，科技发展的知识更新。社会进入数字化时代，知识的代际更迭加速，新知识促进了各种传统行业的质变。进入现代社会，首要的是成为“知识人”，过去的“自学成才”之路已走不通。

其三，不同赛道。官二代、富二代、星二代拥有改变人生的“绿色通道”。特殊的通道使这一群体拥有优质教育资源，以及前途的优先安置。于是大众学子的高考压力显得更加突出，他们必须为不多的本科名额而内卷、拼命。

事实上，高考改变人生已被制度化，普通人只有通过天赋和努力，才能做到阶级的跃升，由此形成一种社会意识便成了必然。

（2024－05－18，07：46）

大学生的困惑

大学生肖某隔空猥亵患病且未成年女孩，性质恶劣，令人震惊。肖某的堕落并非一时冲动，而是思想空虚、道德迷失走上歧路。今天，讨论肖某事件的意义，不在于对其个人的道德批判，而应该把思考投向大学生群体。

若把大学生放在社会生态环境中考量，会发现一个惊人现象：迷惘，失落。无论是在读，或是准毕业生，他们都将面临社会严峻考验：就业缺乏保障，四年专业知识能否学以致用？人生的前途在哪里？等等。处在多变、不确定的社会环境，大学生们都在对人、对生活、对社会进行不断的追问，但答案往往是飘忽的、迷茫的，一种失落感给青年大学生造成精神上压力是难以言喻的。"无能为力"，已成为当代大学生的一种心理共鸣。

大学生处在人生的十字路口，正需要政府、学校、社会的关切和引导。这意味着：一方面，学校的职责，不仅是授业知识，更重要的是育人，塑造大学生的人格、灵魂。肖某事件明显暴露学校思想教育和管理的失职。特别是出事后学校对事件的态度仅仅是“正在跟进”,就事论事,这不值得深刻检讨吗?

另一方面,大学生对人生、前途的焦虑和困惑是客观存在,此刻更需要政府、社会的人文关怀。具体来说,积极改善和创造就业、深造、创业的生态环境,给学生们以希望;因势利导纾解学子们的焦虑,重树励志和信心。

20 世纪 50 年代,美国的青年群体便出现了“迷惘的一代”。他们对人生的无助和迷惘,便用性来放纵自己,用毒品麻醉自己。这个现象决不能在中国出现。

(2024—05—16,07:46)

医疗反腐

医疗行业是腐败的重灾区,已成为社会共识。

医疗行业以救死扶伤、治病救人为天职,以为人民服务为社会担当。这决定了医疗行业的性质应该是公益性、服务性的。然而,20 世纪 80 年代开始,医疗行业走上市场化、产业化之路,这在制度上为滋生腐败敞开了大门。

目前,一些单位的医疗腐败已蔓延到医疗的全流程:

(1)采购药品,名正言顺地收受回扣;(2)医生开处方,外科开刀,均以药价、手术费按比例抽成;(3)采购进口药擅自加价,从几倍到几十倍;(4)引进医疗设备,翻倍报账;(5)过度医疗,乱开检查化验单(尤其是核磁共振、CT、化疗之类);(6)紧俏药,保健药,医生开处方,托药房代购,服务佣金双丰收;(7)扩招护工,取代护士部分职能,同时还能变相抽成(护工费高达每人每天 180~250 元)。

在各个环节,医疗资源变成部门(个人)制造"利润"的"生产资料"。医疗行业的部分高管在更高的层面上搞钱权交易。

所谓的“分红”“奖金”都转嫁给国家医保和病人。看病难、看病贵成了这个行业永不褪色的标签。

医疗腐败为何如此明目张胆？其深层次的原因值得思考：

(1)根据公开资料，××市三甲医院每年纯利润少则几亿元，多则二三十亿元。这便成了主管政府部门的一大政绩。一床锦被遮百丑。

(2)某些地区，不同等级公务员享受医疗特权；高干有特殊的医疗护理。要维护特权，自然对此行业照顾有加。

例如，某地医疗腐败个案曝光，有关部门以行业特殊，事关百姓医疗保障，往往“内部消化”。××市卫生委便公然下红头文件，要求“妥善处理”，直到某工程院院士、医院院长贪污5亿元大案露出水面，有关部门才噤声。由此可见，医疗行业反腐并非“割韭菜”那么简单，要从制度上改革，回归公益性；从政治上、组织上整顿行业；从思想上重树医德医风。

医疗行业反腐事关民生，事关社会稳定。

(2024—03—29，10：21)

腐败的根源

腐败,是人们深恶痛绝的社会顽疾。那么,腐败的根源是什么?

网友议论较多的聚焦点——特权。何谓特权?笔者理解是,不符合社会公平、公正原则,却受某些制度保护的个人既得利益。如果,能消除这些"特权",让社会回归公正、公平,既得利益者就会受到约束(也就是公权行使受制约)。公务员便真正姓公,成为人民的公仆。反之,特权的合法化,就会在一定环境条件下,毫无顾忌地膨胀,私欲至上,为追求既得利益而堕落。堕落的一个典型表现就是腐败。因此,腐败的土壤和根源在于制度。

促成腐败滋生、蔓延的根本制度是私有财产制度。回溯历史,20 世纪五六十年代,中国少见社会性腐败。只要存在私有制度,自然会发生滥用公共权力,谋取既得利益的腐败。可见,私有制就是腐败的本质性根源。

私有制与权力滥用是因果的关联。腐败已不再是单纯而简单的权钱交易(按商品交换原则,权力是有价商品),而是执掌公权者怂恿私有资本非法经营,为其放水、背书,做有利于私有资本的政策制度安排,让某些私有资本在合法制度下牟取暴利,而掌权者也获得相应回报。现下诸多金融腐败案都证实了这点。

当经济社会发生重大变革,即允许公有制度与私有制度共存、互补,协同推动社会发展时,反腐败斗争变得更敏感而复杂。既得利益往往在合法的外衣下运作。

由此,便形成现在的尴尬局面——前"腐"后继,腐败难治。

(2024—01—22,15:19)

反腐偶识

中央纪委国家监委网站公布了一组统计数字,令人震惊:2012 年 12 月至 2021 年 5 月,被查的省部级高官达 392 人(其中 41 名正部判刑),厅局级 2.2 万人,县处级 17 万人。单就省部级而言,现任职的正部级干部仅为 336 名,副部级干部 2 730 名。被查腐败官员占比高达 12.79%。这组数字反映了二个事实:一是中央反腐成绩巨大,并且有不容姑息的决心;二是反腐斗争的复杂性、艰巨性。

有主流媒体宣称:五年内腐败清零。这个结论为时过早。腐败有个共生性的表象,即权钱交易(贪污)、权色交易(腐化)。于是,人们常从政治伦理角度把反腐聚焦于“权力”。有人强调,反腐防腐就是监督公权滥用。于是,加强纪律督察、巡视、推广“有限政府”、分解权力。一句话,“把权力关在笼子里”。

但目前仍有许多工作要做。就以省部干部,厅局干部,尤其是“一把手官员”为例,由谁督察?同级?不得不说,还存在某些制约的盲区。要将反腐深入,还需要增加一个视角:从经济伦理提升对反腐斗争重要性的认识。腐败的滋生源,是商品经济和私有财产制度。商品交易、私有制与权力滥用是因果关系。在市场秩序和经济行为中滥用公权谋取私利,就是因果关系的具体表现。

若从商品经济与腐败的逻辑关系解析,便可得出某些清晰的规律性来:

(1)腐败往往是在刺激经济增长时显现出来的;

(2)腐败产生于公共权力受制并妥协于资本利益集团,由此导致对经济发展的误判和经济政策的错误选择;

(3)新经济时代的腐败将渗透到各种经济行为和政策选择之中。如政府的项目采购、借政府经济政策鼓励(包括上市)之名的"财务欺诈"、私营资本为转移资产而行贿等。

这也就是为什么金融、资源(包括土地开发)领域是腐败高发区的原因。若从经济伦理的范畴解说新经济时代的腐败现象,要比单纯政治、道德的权力制约要严峻得多、复杂得多。现今相当数量官员倒在腐败上(不仅仅是钱、色),已直接影响了经济发展大局。这才是必须引起人们关注的。

(2024—08—31,13:57)

听政于民

近日，悉知国务院线上征求民意，如公职人员的财产公布、医疗改革等，这些都是民间舆论的焦点。国家听政于民，实是开明之举。

检验政府的政绩，一条重要标准是能否得民心。现将民生、督责列入治政之道，征求民意，这便是“以民为本”的民主思想。重民生，安居乐业为治国之本；对公职人员督察是将民众评议作为考量依据，均乃明智之举。然而，听政于民还得听计于民。征求民意不只为了平息舆情，重要的是听取民众对改善生态环境、解决社会焦点问题的意见和建议，切切实实吸纳，融入国家的政策设计之中。良政的标志是，政策是否符合广大民众的利益，此乃听政于民的关键所在。否则，听政不过是图个热闹，走走形式。时下，形式主义问题已引起关注，听政能否取信于民，这也是考验。

国务院征集民意毕竟做了表率，希望各部门、各级政府能及时跟进，这既是官风官德的整饬，也是亲民信民之必要。

（2023—12—22，07：57）

警惕被“弱智化”

郑永年先生是位颇具见识和洞察力的人文学者。最近，郑先生提出一个观点：中国正进入“弱智化”时代，这是拜知识分子所赐。此说令人震惊，也引人深思。

笔者从社会角度理解，所谓“弱智化”是，缺乏信仰，追逐名利物欲；缺乏正义，丧失判断力和是非感。这些社会病，往往来自“知识达人”“社会公知”们的“启蒙”。启蒙的原意是开发愚昧无知的心智，而他们则反其道而行之。

网络公知、达人在思想文化阵地上（包括影视、媒体、书刊）搞两极：一是“造神”；二是“八卦”文化。其核心是享乐主义、利己主义。其结果，则是民众尤其是青年一代被“弱智化”。

（2024—01—07，15：13）

“一切向钱看”何以能盛行

先说说严重性。“一切向钱看。”这句话流行很久，逐渐形成社会意识，成为或明或暗支配人们行为的潜规则。作为一种价值观，诱发了贪污腐败现象，如今，腐败风已涉及上下管理层、各个行业、机关。

宣传多年的新三观对其显得无力。助长“人不为己”的极端利己主义，冲击、消解数千年积淀的崇善尚德、亲和诚信的道德传统，加深社会、人际的隔膜。

作为一种思想意识形态，正在侵蚀人们的核心价值观，成为西方反华势力搞和平演变的手段。境外的渗透并非空穴来风，官员、专家被金钱收买而堕落成间谍、内奸已非个例。

再说说盛行的原因。现有的价值观、道德伦理的传统精神已难以给出针对性的评判。这里推荐英国经济伦理学家查尔斯·汉迪的《饥饿的灵魂》，可提供有益的思考。作者考察了东西方不同制度的社会现代化，对市场经济给现代社会造成的负面影响进行了客观的道德审视，作出这样的结论：

(1)市场经济的现代社会,“只承认物质的富裕是唯一而合理的目标”。社会秩序、道德准则、价值伦理是在“市场力量和对效率的追求中自然产生的”。

(2)市场的“无形之手”促成对个人利益的追求,“金钱可以激活创造力”,金钱带来的财富自由已成为人类的价值准则。

(3)金钱不再是用来追求人类“至善境界”的手段,“而是目的”。金钱已成了“所有社会的共同尺度”。这一经济伦理推动了社会的现代化转型,同时也导致人生价值的异化。

(4)资本主义的自由竞争驱动了现代人将“物质富裕当作成功人生的唯一标志”。

(5)市场的价值效应导致的结果是,“把一切,包括人生都当作生意”。“占有欲和牟利者”的天下就是金钱。

(6)一旦受到金钱奴役,不可避免诱发现代人的高层次饥饿——“精神的贫困”“饥饿的灵魂”。

汉迪的逻辑很清晰:“一切向钱看”的理念就是资本主义市场经济的衍生品,在推动社会现代化转型的同时,导致人生价值观念的严重异化和道德堕落。

这也就是“一切向钱看”盛行且得不到遏制的原因吧。

(2024—05—31,08:06)

大学教育质疑

大约在 1999 年，笔者主编《书城》杂志时曾开设专栏“大学教育怎么办”。高校诸多著名学者参与讨论，各抒己见，热闹非凡。讨论在 2000 年 10 月发表了国外学者有代表性的三篇文章后收官。

现在的诸家讨论偏重于意识形态、核心价值为前提的教育方向、目标、方式等的讨论。笔者想能否增加一个维度，从人文知识本义的视角去思考。这里，介绍上面提及的三篇文章观点。

(1)《大学教育的主要目的》。大学教育告诉他如何去适应别人，如何去了解别人的思想，如何在别人面前显露自己的思想，如何影响别人，如何与别人达成谅解，如何宽容别人。

(2)《大学的观念》。准大学生在交往中成长，但仍保持其个性，他们不是普通人，而是敢拿自己来冒险的个人，这种冒险既是现实的又必须带有想象力。

(3)《大学的功能》。大学存在的理由在于，它联合青年人和老年人共同对学问进行富有想象的研究,以保持知识与火热生活之间的联系。大学传授知识,但它是富有想象力地传授知识,至少,这就是大学对社会应履行的职责。

这些文章虽然其价值取向较为含糊,但从不同的角度指向中国大学教育的短板:大学教育培养学生的不单是知识,更多是融入社会、学会思考的能力;大学生的成长在于保持个性和富于想象力,能将知识应用于改造社会。

“他山之石”仍有其价值。

(2020—9—6)

义务教育的善政

人大代表对教育改革提出建议:实行“12 年义务教育”,“普职分流”延至高中阶段。这条消息获得广大民众的支持。其理由是,可以减轻家长、学生的压力。理由正当,但不是唯一。高中分流同样有竞争压力,而且更为严峻。有一条重要理由被忽视:

初中生正值 12～13 岁的青春叛逆期,其生理、心理状态失衡远超过学习压力。少年青春叛逆期长达 3～4 年,普遍厌学;情绪长期低落,难以沟通;心智不完善,认知混沌、懵懂;更谈不上人生志向和学习的选择能力。

所谓“分流”,纯是被动的,是教育政策所致。约定俗成的社会偏见,职校低人几等。被分流的学子在少年时期就滋生自卑、自暴自弃、胸无志向、人生随风飘浮等心理。梁启超说过,少年强,中国强,过早分流的少年,能强否?

若做调查,大多数职校的校风、学风不振,学生得过且过,如此教育生态是在意料之中的。未成年学生在如此境况下形成心理畸形,甚为痛苦。

这对被分流的少年学子是不公平,也是不人道的。

若把“普职分流”延至高中阶段,让学生安全度过青春叛逆期,并在其具备较完善的心智,对人生志向、目标具备一定的选择能力时,才是明智而达理的。十二年义务教育制,这真是拯救少年学子的善政。

把人生志向,学习的选择权交给学生自己吧!

(2024—03—08,09:45)

银行业的挑战

今闻,国家金融监督管理总局宣布一项重大决策:全面取消外资进入银行业的限制,持股可达100%。这项决策彰显了中国对外开放的决心和魄力。然而,事关国计民生,也免不了要坐而论道了。想了几条,以求方家指正:

(1)外资控股银行颇具吸引力,但首先要构建良好、成熟的金融生态环境,依法经营。当年,外资进股市也颇有吸引力,但没过几年,股市不振,乱象丛生,外资基金铩羽而归,纷纷撤离。由此造成的杀伤力又对"熊市"起了推波助澜作用。

(2)金融管理部门对外资控股银行的运行要有完善的管理制度,不能放任自流,也不能摸着石头过河,走一步看一步。诸如,外资银行能否上市?可否在中国市场圈钱?外资信贷是否无禁区?如何防止外资借助信贷以债换股,进而控制重要的国企及民生企事业?总之,不能受制于外资的运营模式,要有中国式的制度设计。在制度管理上需要设立"防火墙"。

(3)中国中小银行将面临生存危机。尤其是信用社、乡村银行、地区城商行、民营商业银行等。银行业的洗牌,“关停并转”将是不可避免的。

总而言之,银行业将面临重大挑战,我们准备好了吗?

(注:央行 2023 年中国金融稳定报告:除包商银行破产,另有 337 家列入高风险;时隔五个月,辽宁省金控局通告:36 家农商行、村镇银行倒闭、清算。)

(2024—01—27,09:05)

网评文明

“老人故意推倒摩托车案”中的车主被网暴，上海一法院判了。

“推倒摩托车”事件的真相已公之于众，法院判决落定，事件已告结束。然而，事件的后续是一场对“车主网暴”的讨论，进而牵出一个话题：“网络与文明”。话题严肃，却有普遍性。所谓“网暴”，即是网评对某人行为使用粗暴语言进行攻击性的指责批评。

按常理，“网暴”出自三种情况：

(1)同情弱者。如事件中的老人已经去世。网评的粗暴出于义愤，同情弱者而打抱不平。社会舆论总是倾向于弱者的。

(2)不明事件真相，任凭情绪与直觉品头论足，结论出现偏差。

(3)别有用心，蓄意挑动事端，制造舆论。这是个别的，也仅是一种可能。网评指责违反社会公德的人与事，无可指责。但是，批评指责不是肆意攻击、谩骂。素以批评如匕首著称的鲁迅也说过，辱骂不是战斗。网评的力量来自揭示真相和正义批评。

网评的语言暴力往往因思维失度、情绪失控、措辞不当造成不良影响。尤其是网络传播产生的负面效果更为严重，会触及法律底线，被指责为无中生有的造谣、恶意攻击的诽谤、严重损害他人名誉等，后果便不堪了。

现在，媒体平台已成为民众参与国家、社会事务，表达民意的重要渠道，这是社会的进步，来之不易。因此，网评在批判社会某些不公正、不道德现象的同时，也应自觉遵守文明准则，维护社会和谐与稳定。

（2024—05—11，07:56）

世象说

永恒,生命的意义

近日,社交媒体报道,某省连续发生跳桥轻生的消息。闻之,甚为沉重,叹息不止。轻生者为何?是对生活厌倦?婚姻变故、失恋而抑郁成疾?或是重症、破产的绝望?在逝者的心里,生命已失去存在的意义。那么,生命的意义是什么?笔者的回答是,永恒。

"永恒"一词,出自禅语,其意是精神不灭。延伸得解,生命的意义就在于精神不灭、永存。可以这样理解,精神是一种价值的集中体现,包含意志、信仰、志向、善恶道德等。

精神可以是博大的,但更多是显于细微处。因受教育程度、性格秉性、现实环境、家族传承等因素,人们对生命意义的理解和选择会有所差异,但能够得以传承的则是精神本身。诸如:

(1)生命的志向是先国后家,为社稷、民族的图强而奋不顾身,其生命的旋律犹如一首英雄交响曲,可歌可泣。

(2)秉直刚正,不为小利而折腰献媚,不为权势而失德,人生从容不迫，择善从流，生命如长江水，浩荡东流，令人侧目。

(3)扬善积德，勤劳节俭，不食嗟来之食，不图非分之想，洁身自好，注重自律，生命之纯粹似一股清泉，让人仰慕。

(4)淡泊名利，弃一己得失，鄙视造作虚伪，渴求静修的人生境界，这种生命追求亦值得钦佩。

上述生命意义，不约而同呈现了一种对信念的执着、意志的坚守。人生的充实，早已超越了对死亡的恐惧。

生命的价值，并不都产生于对灿烂人生的刻意追求，而较多表现为面对生活现实的种种诱惑和逆境压力下的坚忍，及对人生严峻挑战的自信。生命是有限的，但生命的意义是可以不朽的。但前提是，需要精神的支撑。

(2024—05—29，10:27)

“小三现象”不可长

上海一男子隐瞒已婚与女子交往，女方起诉获赔。隐瞒已婚与异性同居，女方受骗起诉获赔，赔的只是青春损失。男子的欺骗恶行没有受到社会谴责，用钱摆平，这便值得思考了。

如今，婚内出轨、包养小三，时有报道。究竟是人性使然，还是社会风气腐化的一种痼疾？现在，流行一种说法：小三现象泛滥虽上不了台面，也无伤大雅。社会已开放，两性相悦，你情我愿，男欢女爱，这是人性的正常表达。最多，当作“八卦”新闻、茶后饭余的谈资。

说实在的，这种“人性论”是一种自我迷失、违反良知和道德的愚昧。说愚昧，是在于：

(1)把爱情为基础的婚姻异化为单纯的性的愉悦，把性爱当作情爱的全部；

(2)两性冲动可作为平淡生活的调剂品；

(3)受西方享乐主义诱惑，抛弃道德责任以满足个人欲望，把性爱演化成性的占有；

(4)有些腐化现象把“愚昧”演绎到了极致：旧社会娶妻纳妾，婚外情人，把女性当作花瓶，炫耀金钱、权力、地位的社会丑陋恶疾在现下的贪官腐败分子身上重演。

这种在愚昧认知下的两性关系没有稳定的基础，朝欢暮弃往往是常态，说白了，不过是玩玩而已，受伤的总是女方。“小三现象”，不只破坏家庭稳定，疏远血亲关系，更腐化社会风气，其危害甚大。

男不尊，养小三；女不贞，贪图享受，甘做小三；家风不正，何以教子育女？

(2024—05—14,07:50)

老年人的孤独

人到老年,绕不开一个焦虑:孤独。孤独的含义是什么?老年孤独在于:失群、孤单、疏亲而产生的不安全感和恐惧感。

现在,多数老人与子女分居,与老伴相濡以沫(独身、独居者更甚)。退休多年,与单位、同事很少有联系;体力不济而很少出门。失群、疏亲造成心灵上的寂寞和孤独,时日长久的落单,更进一步导致思想情感沟通的障碍。煲电话粥,建微信群问安,并非解“孤”的办法,短暂的通话、礼节性问候并不能解决交流缺失的焦虑。

尽管老人有自由人身,但失群、寂寞造成的心理落差势必产生不安全感,害怕人老后“今天不知道明天”。随之而来的是,惊慌、恐惧。这也是为什么有些老人夜半惊醒、寝不安宁的缘故。面对老年人的孤独焦虑,子女、亲戚乃至社区组织都应重视对这一群体的人文关怀。

(2024—04—28,06:40)

家长的焦虑

一年一度的高考即将到来。学子们紧张备考,家长们却忧心忡忡,陷入深深的焦虑中。

焦虑一:高考落榜怎么办?进高职大专不甘心,待在家没出路怎么办?

焦虑二:考上大学,学费支出怎么办?大学学费大幅上涨,学子每月日常开销不少于3千元。普通家庭不堪负担。

焦虑三:考上大学,专业不理想,毕业后就业又怎么办?

学子苦读4年,毕业后的就业是个难关。常说,公平竞争,人人有机会,其实,就业是个难过的坎。为缓解就业压力,就得维持教育产业,继续扩招,即不管教育质量,不论就业(专业)方向,全面开花。招生多了,学生毕业又面临就业压力,周而复始,循环不止。大学教育的普及将成为一种必然,大学生不过是学龄段的延伸。

非理性的教育方式,引发种种乱象。对普通家庭的家长们而言,焦虑成了化解不开的心结。

(2024—04—25,06:53)

甲方乙方

上海电视台的“甲方乙方”，一个常播的话题是：家庭房产纠纷。因产权归属、继承、分割而出现种种家庭纠葛：夫妻反目(再婚居多)，父子纠结，兄弟姐妹翻脸等。

请律师，上法院仲裁，费时费钱，去节目调解也许有缓冲余地。于是，“甲方乙方”成了热门。

当事人的诉求很单一，都是要从房产中分得一杯羹。现在，不少居民过的是紧日子，父辈的房产(包括动迁房)是唯一，也是最后的“奶酪”。忠孝之道，家庭亲情，无法抗衡生活拮据的压力，难以抵御财产的诱惑。积淀数千年的孝道、仁爱之心被一己私利所销蚀。一个家庭，一个家族，若没仁爱和道德的维系和支撑，因财产纠纷而导致解体不能不说是个悲剧。

家庭是社会的细胞。“甲方乙方”久播不衰，意味着社会、家庭中的利益与良知，亲情的博弈还在持续。这便触及一个值得思考的问题：社会应怎样应对？

(2024—04—24，08:54)

沉重的叩问

读《今日头条》已成了笔者每天的功课。寸尺空间(手机)却容纳了社会的天地。信息有喜、有忧,也有痛。读后,难免要评论一番,以尽公民的责任。

“头条”有条视频,并不起眼却让人深思:一女子跪拜如来、观音,虔诚求财祈福保平安。视频引来众多条友的共鸣。

女子拜佛,牵出观音。观音是以送子为本业的,女子是否投错了门?其实不然。“头条”有报道,全国女光棍约有1亿多人。不结婚,哪要求子?已婚的,面对教育、医疗、房贷三座大山的挤压,哪敢生育?啃老早已啃不动了,唯一的选择是丁克。无子可求,观音改行施善也在情理之中。

女子求财,并非身处饥饿乞讨的困境,也非求个大富大贵,仅是祈求经济宽裕些,以解生活拮据的窘迫而已。有专家发话,百姓哪个没有三五十万元,以后不要发退休养老金。

祈福乃是祈求健康、一生平安。但每逢流行病患,如“新冠”、甲流、乙流,医院人满为患,病房一床难求,求医难已是常态。若老少有恙,只能躺平,陷于无奈。

女子拜神求佛,实是现下社会大众颇为纠结的痛。其实,人们都知道求佛拜菩萨都是空的。只不过是寄托一种愿望,求得自我安慰和心理平衡。

(2024—01—13,07:50)

说说预制菜

预制菜，俗称半成品。

早在三十年前，上海新雅饭店就在各门市店推出半成品，菜品以新雅特色家常菜为主。由于名牌及食材质量，赢得了众多家庭主妇的青睐。

“新雅”效应，在市场里得以发酵。在街边、菜场纷纷开店设铺卖半成品。商家几乎全是个体业主。近几年，半成品升级精包装，逢年过节菜品配套打包成礼盒，改称为预制菜，价格翻倍，商家得利。逢春节之类，各酒家为应付客流，节约成本和时间，上桌的大多是预制菜。有人认为，这是商机，可为百姓提供方便，如同网购取代实体店一样，是场“革命”。其实，百姓大众心中有杆秤。预制菜隐患多多。

其一，自制菜品的食材来源是否可靠？质量是否合格？(笔者曾目睹一个体户在菜场采购一大包长期无人买的打折小鸡以及冻鱼，其直言做鸡肉馄饨、生鱼片)。商户是否经过卫生部门体检(按规定，凡从业饮食者必须体检)。

其二,作为礼盒及单品包装,其有效期往往在半年或以上。谁对半年期限内菜品的安全负责?工商、卫生部门是否有定期检查制度?实际上是放任自流,购者责任自负。

预制菜的生产、销售,不同于其他商品,需要严格的食品管理和监督。这涉及卫生、工商、社区等部门制定一系列制度规定和具体执行标准。预制菜生产、销售,经非单纯的商业买卖,事关百姓大众的饮食卫生安全,隐患不要忽视。

(2023—09—09,08:12)

繁花的百态人生

儿时有个玩具——繁(万)花筒。照着阳光看,会映出新奇、变化万千的图案,可谓光怪陆离。其实,它的原理很简单。筒里三块镜子搭成三角形,互相折射,图案便变化莫测了。

王家卫执导影视《繁花》的灵感便来自繁花筒。导演将大上海比作繁花筒,西康路101号(后是麒麟会)、黄河路、和平饭店便是互相折射的镜子。透视的画面是20世纪90年代初,因中国经济转型而引发的社会、经济生态的变化。

经济大潮下,处在上海底层的芸芸众生将如何抉择、改变命运?画面再现的百态人生,不只是各色人物戏剧性故事,更多是世俗化人际关系、价值观的冲撞。“50后”“60后”上海人可真切感受逝去的老上海场景。其实,王家卫的意图并不在老上海的怀旧,而是以艺术再现的历史折射上海面临时代变革的过程。

当然,王家卫的《繁花》不是首创。在此之前,周而复的小说《上海的早晨》及改编的电影,也演绎过50年代的上海繁花简。面对上海解放，曾在东方大都会叱咤风云的商界人物也呈现了命运抉择的痛苦。资本家是拥抱新社会，接受改造；不法商人投机倒把，最后的疯狂；信仰、价值观、人生观的纠葛和争斗；等等，也同样演化出光怪陆离的百态人生。

历史会重演，但绝不会重复。王家卫展现的是一个新的上海，国际大都市的变迁及其主人公对命运的憧憬。

（2024—01—01，08：52）

横看电视剧

岁末盘点，电视剧大丰收。其中谍战、悬念剧将是龙年的大赢家。

电视剧播放前后，自媒体甚是热闹。先是喝彩定调：某某老戏骨，一线俊男靓女加盟；而后，人肉搜索，从家庭背景、演艺生涯乃至花边八卦，一一罗列；尤其剧情之精彩，后者无剧可比。待等电视剧放过一二集，又吐槽不止，斥责电视台糊弄观众，戏码千篇一律。其实，均是宣传的套路，引观众入局。

古人有佳句：横看成岭侧成峰。看电视剧也有横看、侧看的不同视角。侧看，是看故事、剧情，演员的青春风采，让导演带着走。剧尽换频道，兴奋消逝后，留下的记忆仅仅是剧名。但横看细思则不同，是把电视剧当作一部生活启示录。或深或浅，从剧情、人物命运、人际纠葛，去考量社会、人生与人性，由此便能从剧情透视社会的美丑、人性的善恶。

诸如连续剧《无所畏惧》。剧情看似平淡，演绎律师事务所的众生相和辩案琐事。如年轻女律师面对疑案、错案，被诬陷诈骗及律所内卷而无所畏惧，坚守公正、正义的律师责任。而处在经济社会中，也有律师因物欲横流的世俗而迷失自我，将金钱作为辩案的砝码，不惜利用法律的盲区为犯罪嫌疑人脱罪、洗罪。这便牵出司法腐败的另一面：不良律师是如何堕落成为权贵的附庸和工具的？

电视剧在不经意的铺垫中用锋利的解剖刀，剥开了光鲜外表下的人性真实。难怪有律师投书，要求广电总局禁止播放《无所畏惧》。（疑似对号入座了）

观剧，会有快感，是因为剧情激起的兴奋。但也会诱发痛感，这是观者对社会深层的揭露而引发对社会生态和人性的深度思考。

横向看剧的收获能提升观剧的思考力。

（2023－12－31，07：35）

打卡比宜德

惠民连锁店比宜德关门了，很是突然。前一天还与售货员攀谈，而今却灯熄人去，不免有些惆怅。

对比宜德，情有独钟，隔三岔五去打一次卡。门店就开在小区对面，步行三分钟。门店朴实，无花哨广告，实在（德国人的风格）。二开间，但日常生活用品、食品却应有尽有。营业员二三人，其中配货员须每天接货、排架。类似惠民店在上海有二百余家，几乎遍布各区、街道。

顾客打卡图的是服务周到、买卖实惠。比宜德规定，食品蔬菜新鲜、价廉物美、保质保量、到期打折，不满意百分之百退货，无须讲理由。比宜德经营之道是重商德、商誉。以商家信誉担保，亲民，惠民，类似当年的星火日夜商店。

如今，电商已严重冲击了实销市场，成了商界贵族，居高临下，听任商户良莠不齐、商品假冒伪劣。超市也好不到哪里去，走进超市，空空荡荡。问营业员货物在何处？其身不动、腿不迈，随手一指（颇有“遥指杏花村”之味），让人摸不着头脑。如此现状，人们不禁更欢迎比宜德了。惠民店不必贪大求全，政府应网开一面，给予优惠待遇。支持的不仅是比宜德等实体店，更是让惠民店蔚然成风。

比宜德关门了，但居民还留下一个念想：何日君再来？

（2023—12—30，08：53）

文明告别

有领导说,退休者要文明告别企业(单位)。

这种说法总感到有些别扭。难不成西装革履做一番绅士式告别演说?那是“装文明”。笔者相信,大多数退休者的心情是五味杂陈的。

退休者为企业(单位)的生存、发展曾无怨无悔地奉献,在本职岗位上曾有过抱负、理想。因为,血是热的,故而有信念,期盼在风雨中支撑着。然而,职场总充满着种种纠葛和无奈,尤其是不公正、不公平而让人失落、失望。退休之时,离别曾挥洒青春的地方,却并无昔日的光荣之感。

要说文明(贴切说是有礼貌地告别过去的付出和奉献),那应是抱着“俱往矣”的心态,抛弃种种烦恼,平静而自信地面对退休后的生活。

(2021—09—09)

行长“裸辞”

年轻的银行副行长放弃锦绣前程和优厚待遇选择“裸辞”，实属不易。“裸辞”需要睿智、勇气和决心，且不说背后的原因（如另谋高就、职场纠葛、上下级不和等），单就此“壮举”，就值得点赞，并看作是社会的一大进步。

长期以来，职场人习惯于人事制度的束缚。但制度的约束力常常缺乏一种公正、公平的契约精神。除了社会公约的规定（如劳动法），还渗透了职场主管者的个人意识。人事的考评、辞退或任用、奖惩均渗透着主管者的个人意志，并成为一言堂，此也成为约定俗成的潜规则。为此，职场人习惯将主管者称为“老板”，实际上是把社会性的人事关系降格为单位或个人的雇佣关系，原本是独立的人格，异化成人身依附。职场人失去自主流动的自由，自然谈不上智力、潜能的最佳发挥。

若追溯根源，这些职场弊病无非是西方的和私人资本的管理制度。副行长的“裸辞”可以看作是对这种“舶来品”的叛逆。为此点赞。

（2021—08—25）

招工,35岁以下

大多是中小企业,而其中尤其是私企,招工要求是招35岁以下的年轻人。

经济学家有统计,现有的私企无论是数量上,还是总产值上都已超过国企。政府希望私企为社会多承担些责任吸纳无业者。而私企在招、用工上却采取种种"弹性"规定,"只招35岁以下者"不过是其中一条。

国企与私企不同。国企严格遵守国家劳动法,实行每天工作八小时,一周五天工作制。在两次固定期合同满后,就有可能签订无固定期限劳动合同。固定的劳动人事关系具有法律保障,一般情况,年轻时入企,年老时离企。

私企则不同,"合同"花样颇多,除劳动合同,还有承包合同(某种包工)、劳务合同等,后者没有固定的劳动关系,随企业主决定。于是35岁以下年轻人便成了招工的香饽饽。说白了,是产生"剩余价值"的生力军。据报道,不少私企的用工规定处于灰色状态,以加班加酬的模糊名义,任意推行"996"用工模式，有的竟打出“715”（一周无休，十五小时工作）口号。这种“劳动”只有35岁以下的年轻人能扛得住，过年龄线者则解除合同。有媒体曝光，某台商在大陆办的××厂是个“血汗工厂”，便是一例。这也是社会上重现4050下岗现象的一个原因了。

私企招工总有冠冕堂皇的理由，如优先招用大学、职校、中专毕业生等。但招工设定年龄限制本身就是一种歧视，希望有关政府部门给予关注和采取措施，保障广大就业者权益。

（2021—09—04）

人之初，性本善

“人之初，性本善。”这是《三字经》的首句。古人是将“善”认作人的本性，用今天的话来说，善是人之初心。行善，是本分，为社会付出不需要回报，是理直气壮的高尚之举。

但是，行善一旦被认为是吃亏、是软弱、是傻瓜，那么，不是人们的认知出了问题，就是社会生病了。当人们一切向钱看，崇富嫌贫时，“善”便有了真伪之分。后者把“行善”作为交换的筹码、诈骗的手段。如电信诈骗犯多是以提供投资牟利机会而行诈骗之实。时下，存在道德沉沦、诚信丧失现象，人们却很漠视。

当人们迷惑于真善与伪善之际，弘扬善之初心，让行善的传统蔚然成风，可以让社会变得纯洁。

（2021—07—19）

一方水土养一方人

俗话说，一方水土养一方人。人的生活习惯、修养、素质的形成都受地域文化的熏陶和影响，地域人群更有承继传统的趋同性。不同地域的差异必然引致不同人群在习惯上的差别，人与人之间相处便有了亲和与排斥。

诸如，城乡人群的文明差异不仅仅是物质的贫富，更多是生活方式上。即使是不同地域的城市人群也有着习惯及价值取向的异同。若简单地断言，人群的文明差异就是相互“瞧不起”，实在是肤浅而草率之断了。

以上海为例。市中心原为十个区，原仅有 600 多万人，郊县改区人口约为 1 200 万人。现为特大城市，人口超过 2 400 万人，其中外省、外乡人群占 1/3。外乡人群为大上海的城市服务作出贡献，但不可否认，也伴随着城市文明的素质落差和异化。

随着生活习惯和文明素质差异的显性化，上海本土人群和外乡人群难免有冲突。这些文明落差便形成了现代城市的城市病，值得关注。

（2021—05—23）

明星代言

明星代言的报酬多少恐怕是“商业机密”，但价码不菲是不言而喻的。如今，媒体平台大多是亏损经营，国家补贴不了多少，故而对广告及代言已是“饥不择食”，明星代言便成了广告发布的绿色通行证。金主、媒体靠明星代言过日子，其报酬自然不菲了。

明星代言翻车常见于商品伪劣、过度包装，坑的是消费者，但真正的危害是受明星们影响的青少年一代。粉丝、追星，均是将明星作为人生的榜样。对此，媒体、社会却表现出过度的包容，这才是值得深思的啊！

广告代言传播的叠加递增了明星的无形资本，抬高了片酬的价码。如此多的好处使明星忘记了道德和秩序。“金主”借明星的公众形象推销产品（不少是伪劣的），将明星的无形资产转化为利润。两者互惠却搅乱了市场，败坏了社会道德。如此乱象已不是个别现象，有关部门（管市场的、管文化宣传的）应严格管控，还社会一个干净的广告传媒环境。

（2021—05—22）

话不投机又何妨

同学聚会已成为时下社会的时髦活动。

五十多岁的同学算是“70后”吧，在“文革”后期出生，改革开放中成长。

“70后”的父辈大多是社会的普通一员：上山下乡当知青，进城顶替做工人，自谋出路当小商小贩，少部分人通过高考改变人生。他们留给“70后”的，不是财富，而是精神遗产：苦难、磨炼和改变人生的期待。

20世纪80年代中后期，社会变革开始了。“70后”的大多数，不属于先富起来的一部分。人生的拼搏主要靠力气、机遇去改变生存环境。改革开放毕竟为大众创造了个人发展的机会。然而，先天条件的差异营造了不同的人生。有的因父辈的庇荫而富贵；有的靠个人奋斗跳龙门，攀高枝；更有的滞留社会底层而默默无闻。同学相聚，容貌改变是其次，根本的是身份、谈吐、兴趣甚异。

于是，有人认为，“话不投机，不如不见”。其实大可不必。

人是有富贵贫穷之分，但绝无高低贵贱之分，人格是平等的。同学相聚的基础，就是人是否真诚、善良。

各类朋友都可交，何况相识多年的同学。把人生交友看作一种“江湖”，未尝不可！

（2020—08—24）

股市言

诤言寄语

春节将临，证监会换帅。愚民诤言寄语，以祈希望：

一要整风。整顿管理层的作风，两次新闻发布会让民众吐槽不止。第一次亮相，亮的是“政绩”；第二次九个司的长官表态，力证一贯正确。管理层需要换换脑子，有所改观。

二要整顿。整顿资本市场的监管秩序。多年来，弊政不少，整顿的要务是去弊政，立新政，从严从实监管。

三要整肃。清理门户(资本市场)。对恶意做空、内幕交易、造假欺诈上市等犯法行为，联手司法机关，施以重典：退市退赔、重刑、重罚，不能停留在口号上。中国股市事关大局、事关民生，管理层决策应尊重国情、尊重实际。谨慎决策体现在：破功利至上；破洋教条；破对所谓专家、权威的迷信。

治理股市如同千里行走，不是一朝一夕。但唯见行动，才能取信于民，振兴股市。

(2024—02—08，04:57)

炒股的“悟”

炒股那么多年，悟到了哪些道理？炒股能悟出“道理”，一般都是输家。理出几条，以博一笑。

（1）小股民炒股发不了财，若能喝点汤，便是运气好。

（2）盘面涨涨跌跌，不跟风，不动摇。

（3）赢，人不飘；输，不烦恼；上下博弈，不骄不躁。

（4）股市暴涨，落袋了结；股市跳水，抽身便逃。

（5）输钱，权当付学费，说说笑笑化解苦恼；赢钱，算是得奖金，潇洒走一遭。

（6）千万不要把股评家当个宝。

不过，任何选择都是要付出代价（或说成本）的，进股市也是如此。但付出总会有收获：看懂了资本与经济、政治生态的关系，补上了政治经济学的一课。

（2024—03—10，18：27）

股市猜想

预测股市是股评家的专业。笔者为交卷，权作一猜。

猜想一，制度改革，纠正不公正、不合理的运作模式（如转融通、高频量化交易等）；强化法治，落实严峻刑法，根治金融腐败；长痛不如短痛，真正意义上营建公正、公平、透明的中国式资本市场。实现国家、投融资方、股民多赢。

猜想二，乘势而为，先稳后进。小立小破，改良运作模式，监管加码。违规违法者，杀鸡儆猴。鱼龙混杂的金融资本由市场优胜劣汰。不过，市场虽求得暂时的平衡，股市如同黄梅天，忽阴忽阳，毫无生气。

猜想三，维护经济生态，稳定是第一位。只要内外资本不踩红线，则以暂时妥协，逐步放松管控，换取大局的平稳。资本市场的游戏是，散户退场，而后资本博弈，大鱼吃小鱼。

何论选择怎样的格局，股市的去、从，如同“围城”。有的进城想炒赢，也有争着出城，输得落荒而逃。

猜想，只是一种戏说，是否合理，有待历史验证。

（2024—04—07，13:27）

股市的变局

管理层推出两项“创新”，将会改变股市的生态。

一是“规范”转融通、量化交易，使之合法化；二是将股民身份改为“金融消费者”（三部委发文）。若要名正言顺实施，还得修改《证券法》。两项“创新”一旦合法化，便会变成国家意志，争论将告一段落。

散户股民要关切的是，股市发生重大变化，将面临怎样的选择？

其一，股民身份由投资者变成“金融消费者”，这意味着股民的投资将不受保护。上市公司经营不善破产，面临退市，将不作赔偿。股民受保护的仅仅是针对受欺骗、造假所造成的损失，但这须通过司法程序的有罪审判及司法赔偿执行。专家建议，先退赔后退市则不符合法律程序，无法兑现。股民获赔则路途漫漫。

其二，未来股市既不是投资市，也不是融资市，其最突出的特征是资本的博弈市（公募、私募，内资、外资）。管理层应用转融资、量化交易为工具,调控、平衡各种资本的博弈。投资与融资的争论已变得无意义。

其三,散户既不受投资保护,又无力参与资本博弈,退场是最大的保护。于是,新生态的股市去散户化将是一个趋势。转融通、量化交易割韭菜已与散户无关。股民们的戾气、怨气日久便无影无踪。

当股市发生如是变化,股民将如何选择?

(2024—07—04 07:24)

站在十字路口

股市未来走势如何？笔者在“股市猜想”一文中(《今日头条》,2024 年 4 月 7 日),对股市提出三种猜想(以下概述,括号是新加)。

一是制度改革(如取消转融通,量化交易),落实严刑峻法,根治金融腐败,营造公正、公平、透明的中国式资本市场(结果是活跃资本市场,国家、投资者双赢)。

二是乘势而为,小立小破,监管加码,鱼龙混杂的金融资本由市场优胜劣汰。股市虽有暂时平衡,但忽阴忽阳,毫无生气。

三是内外资本不踩红线,逐步放松管控(转融通、量化交易作为主要调控工具),资本市场的游戏是,散户离场,资本博弈。

现在,股市站在十字路口,三种猜想依然有可能。中小投资者当然希望实现第一种格局,但绝非一朝一夕之功。

股市的制度改革,按刘纪鹏先生的说法是一场“股市革命”。这不是空洞口号,六位学者的“蓝田建言”基本勾画了“股市革命”的初始蓝图。我认为,基本上符合中国国情和社会民意。要达到这一愿景需要天时、地利、人和的条件。

天时，即高层的决心和指导。央媒有报道，现下已不提“激活资本市场”一说，这是高层表达的最大利好，给中国股市有个休养生息、渐进改革的时间和空间。

地利，是中国股市已走到绝境边缘，成交量萎缩，资本离场，中小散户信心殆尽。只有变革才能使股市起死回生。现在的境况，地利已具备。

人和，是关键。这集中反映在中国股市理念、定位、规划、运作路线、目标愿景的分歧。管理团队的惯性思维、脱离国情盲目与西方成熟资本市场接轨（转融通、量化交易，金融消费者抄西方模式）、急功近利的创新等，都成了一种阻力。

笔者注意到，蓝田建言是产生在 2023 年 12 月，而管理团队的“创新”（规范转融通，金融消费者）是在 2024 年 6 月。显然，这是在知晓蓝田建言之后的决策。其实际效果是与设计者预想的相反。如今，管理层清醒地发现了这一现实，果断暂停“转融券”，迈出了第一步，得到广大民众的赞赏。

现在，是时候思考中国股市该向左还是向右了。

（2024—07—12，08:42）

股市的出路

聊聊关于那些令人抓狂的股市事儿。

股市出路：必须是制度改革优先，新思路。新起点，再出发。改革，不是闭关自守，更不是盲目接轨，抄西方的股经。改革应根植于中国国情，关注中国的社情民意，走中国式道路。

《今日头条》上有位学者比较了中美经济发展逻辑，说的一节话很有见识：中国几十年改革发展，是房地产和基建拉动的，而不是股市的融资。这段话激发人们深度思考。股市超常规融资（鱼龙混杂的上市公司）造富了一批人，这是一批"先富起来的"。但他们不仅没有带动股民共富，相反挥刀割韭菜，逼得股民们怨声载道。这些教训历历在目。

振兴中国股市，希望改弦更张，重新出发。不负国家，不负制度设计初衷，也不负广大股民。

（2024—07—21，08：43）

厘清中国股市的本质

股市改革，应先厘清中国股市的本质。投资、融资只是股市的功能，它的本质是为国家基本经济制度服务的资本市场。

中国的基本经济制度是，坚持社会主义市场经济，巩固和发展公有制经济，鼓励、支持、引导非公有制经济发展。相应比照，资本市场的股市，应优先体现国有资本的主导地位和巩固发展，兼及对私有资本的“支持和引导”的性质特征。

股市对进入市场的资本取舍应有主次之分、轻重之别。具体而言，如：国有资本优先上市，国有资本与私有资本应有明确的资质界定和差别化的上市配额；私有资本上市应符合国家经济发展指引的行业、企业；股市制度的设计、实施应体现股市的本质特征。应该说，管理层在一段时期里是稳步推进、落实这一基本原则的。

但近几年来，不断的“制度创新”把中国股市本质属性磨平了。例如，推行没有严刑峻法做防火墙的“注册制”、转融通、高频量化交易、金融消费者等。推行注册制的三年，管理层把选择权和定价权完全交给市场，只负责审定发行申请人提供的信息资料。

中国股市的本质被修正，被异化了。大量缺乏资质的私企蜂拥而上，仅几年已有500家上市，并有近千家候市。不少是低门槛上市，行业庞杂，管理不善，上市即亏损。笔者认为造成如此乱象的一个根本原因是，对股市缺乏本质的认定。

因此，股市改革，应花大力气厘清思路，坚持正确的中国股市本质，回归正道，是当务之急。

（2024—08—03，09:04）

整治上市链

新媒体平台有几条信息令人深思:复旦复华财务造假得以上市,之后连续十年做假账;管理层稽查,查实 200 余家上市企业财务作假;沪深交易所执掌上市发审的高官因腐败被查。这些负面信息实在让国人不堪,这是中国股市的耻辱。深刻的教训是,中国股市必须铁腕整治,依法从严管控,尤其是整治源头——企业上市链。

何谓企业上市链,即拟上市企业申请,会计师事务所进行财务审计,证券公司保荐,沪深交易所审核、监督,证监会批复。股市改革,应对发审程序的各个环节规定法律责任(包括承办人、法人代表),程序中各主体必须承担永久性的责任。股改应建立相关的"工作条例",量化依法整治的规定(应延伸到年度审计与监督)。若审计、保荐、核准的企业被发现因财务造假、欺诈上市,除上市企业予以严惩,各环节主体也应承担连带责任,予以处罚,如停止或取消财务审计资格及保荐资格。交易所主持发审承办者调离岗位。若发现利益输送(或行、受贿)应作腐败案移送纪监部门。整治“企业上市链”不是靠喊狠话，而是按法律、法规治理。

中国股市唯有深耕一片净土，才有将来复苏繁荣的希望。

（2024—08—07，18：57）

读而思

如何读《资治通鉴》

《资治通鉴》是北宋政治家、历史学家司马光编纂的中国第一部编年体通史。自战国周、韩魏赵三家分晋至五代末，所记各朝人事、名物制度，内容丰富，但始终围绕一个主线：历朝治国理政的经验及教训。

当代人该怎么读？毛泽东同志给我们指出了方向。毛主席一生读《资治通鉴》共17遍，每次都有详细批注。现选择有关怎样读的批示，抄录如下：

注1.读它最佳方式是先读通精品白话版。

注2.要系统厘清中国历史，则一定要读它。

注3.专门写给后人借鉴，分析历史人物的品德善恶，管理政策得失，总结经验。

注4.国家、民生的兴衰历史。

注5.这是人类历史上最强的史书，涵盖智谋、兵法、心理、做人、处世。

注6.此部书不光讲道理，还通权变。

一本书能讲清楚道理已经难得了，还讲权变，讲操作，这当然是了不得。

细读毛主席的批注可以悟出读《资治通鉴》的方向：

其一，先要明确读《资治通鉴》的重要，乃是了解中国历史不可或缺的经典读本。

其二，对中国历史人物的评价，除分析其品德之善恶，更重要的是读懂此人治理国家的政策得失。

其三，《资治通鉴》不是单纯的历史读本，它涵盖人文社会百科，读之获益匪浅。

其四，读《资治通鉴》应先易后难，先读白话本，后研古文原典。

（2024—03—31，12：57）

读《资治通鉴》

之一，李渊纳谏(卷 14 唐纪)

太原留守李渊，乘隋之乱举兵，谋得天下建新朝号唐。刚在位，西安府咸宁县姓孙的小县尉，上书进谏李渊：君得天下易，保天下难。欲避旧朝覆辙须要体恤百姓，执政不能做三件事：一，不私受民间财物；二，不纵容声色奢靡之乐；三不滥用平庸之才、道德败坏之人。李渊见书，不但不震怒，反而重赏绢帛三百匹，越级提拔晋升为治书，专掌新朝法令。

县尉上书进谏并非个例，李渊以隋亡为鉴戒，主动要求大臣及地方官吏进谏。恰如明朝大学士张居正的点评："激功臣，使之进谏。"将能否进谏列为"考校群臣的优劣"。由此，初唐的纳谏已成为一种良性的政治生态。可以说，大唐史的"纳谏"自李渊开始。

李渊之举，不只显示了一个开明君主的宽容大度，而是开了广开言路之风。隋朝历代均是以君言为圣旨，凡“言事者轻则斥，重则诛”，禁止百官、百姓议论朝政，阻塞言路。官场流行唯上媚上的颓废之风，这成了隋朝灭亡的一个原因。

李渊的开明，则为太宗李世民将“纳谏”制度化营造了政治生态环境，初唐盛世便奠定了基础。若再作深度考量，在初唐，一个最低级的官吏能进谏直达最高层，这说明了广开言路还须有畅通言路的保障，没有各种人为的阻隔。

（2024—11—18，15：51）

之二，李世民安民为本（卷14唐纪）

唐太宗李世民对近臣的一次私下谈话：“君依于国，国依于民，刻民以奉君，犹割肉以充腹，腹饱而身毙，君富而国亡。故人君之患，不自外来，常由身出。”李世民的话，实是对隋朝君主纵欲败度，不体恤民众，以致遭亡国之祸的总结。由此得出一个结论：安邦先要安民，治国“要以安民为本”。

张居正在讲解这个史实时做了长篇言说，其言甚为精当，对李世民的“安民为本”之策作了深度解读。其中不乏张居正自身对治国之本的思考。张居正说：“君之与民，本同一体，君之安危系于国，国之安危系于民，民安而后国安，国安而后天位可以常保。""君虽贫不可以剥民而求富,若刻剥于民,以奉养于君,就如割自己之肉。""肉尽而身亦随以亡。""君因剥民而富,却不知民贫国亦随以乱。"这是说,为官为君,凡不体恤民众者,实在不懂这是亡国之祸的道理。

常言道"居安思危",此"危"就是民不安之危。民心不稳,轻则社会动摇,重则社稷覆灭。司马光特意将李世民的私下谈话记入《资治通鉴》,列为历史要事,足见"安民为本"对治国的重要性。

李世民治国常怀忧患意识,且将安民为本列为稳定社稷之要义,实在难得。

(2024—11—22,12:35)

之三,兼听者的修为(卷14唐纪)

武德二年,李世民与魏征的君臣对话,被历朝帝王,乃至官吏、庶民视为经典。

李世民问:"人生何为而明,何为而暗?"其意是,作为一名君主,怎样才能看到真实情况,听到真话;怎样会看到、听到的都是假的?

魏征答:"兼听则明,偏信则暗。"

这句话流结至今已成古训。魏征的本意,“兼听”是为君成熟与否的一个标志。

如何兼听?魏征未直言。倒是张居正在点评时,披露了李世民的回应:“君德固以兼听内明,而兼听尤以虚心为本。”

君主兼听,若是自上而下,挟着居高临下的气势,怀着上智下愚的潜意识,未必能听到发自肺腑的心声,看到的也往往是一些表相。究其原因李世民说得很透彻:“天主至尊敢不畏惧忌惮。”这种兼听,一旦流于形式,就会陷入自身认知的误区。

所以,真正能达到“兼听则明”的效果,还应考量兼听者的自身修为。所谓修为,即是谦逊,平等待人,判断力。

谦逊,就是虚怀若谷,谦恭待人,容纳不同声音,尤其是不敬之言。李世民说到点子上:“若惟自尊崇,不守谦恭者,在身倘有不足之事,谁肯犯颜谏奏?”(贞观政要)一个人不谦虚,不以礼待人,谁肯说犯上真话,尤其是批评之言!

平等待人。兼听者要“诚意正心”,就得放下架子。李世民直言:“天高听卑,何畏不惧?群公卿士,皆是瞻仰,何得不惧?”(贞观政要)。身居高位,人们总是仰着头望你,敬而远之,还能坦诚相告?

判断力,这是至关紧要的。兼听,有不同对象,官与民,能吏与庸官,其诉求不同,但均为自身利益所困。兼听者必须能善辨真伪,分清视听。这是对兼听者判断力和智慧的考验。

李世民告诫各级官员，要“兼听”，就必须“以虚心为本”，“知常谦”。这句话很实在。

（2024—11—26）

之四，以古为镜　以人为镜(卷14唐纪)

初唐立朝，李世民的功劳最大，攻城略地，可谓厥功至伟。论功行赏被封秦王，授天策上将，仅次于高祖及皇太子，位高诸王公之一等。

后朝对李世民的评价甚高。笔者认为，李世民的过人之处在于：卓有政治远见。

李世民取得李渊授权，招纳天下精英，置设“天策府”便是一例。这意味着李世民意图涉政，为策谋政务迈出重要一步。

历史界认定“天策府”，是李世民特置的军事机构，其实不然。入府者，并无实战经验的武将，均是文士贤达。天策府不过是一个幕僚官署，相当于今天的政策研究中心。

武德四年，李世民招纳的文士有：房玄龄，虞世南，褚亮，姚思廉、李云道、蔡允恭、颜相时、孔颖达等，号称“初唐十八学士”。

房玄龄，典管书记出身、善谋。史有记载：“玄龄当国，夙夜勤强，任公竭节，不欲一物”，可谓廉洁能吏。与杜如晦的处事果断，被称之“房谋杜断”。贞观时期，两人先后为相。

虞世南，曾是隋炀帝的文学侍臣，但性格刚直，不涉献媚之事。自身即儒学大家，又且熟谙隋朝高层内情。

姚思源，史学大家，专修南朝梁、陈史，编撰《梁书》《陈书》(后人收入《二十四史》)而闻名。

褚亮，博览经书及图志，对初唐内外大政颇多独到见解。

……

以上君士可谓超级幕僚。李世民每逢朝谒公事完毕，必与十八学士相聚于府中，坦诚相见，研讨历朝史事，策论治国兴亡得失，纵议新朝治国方略。十八学士戏称聚会犹如“登瀛洲”。

所谓“瀛洲”是传说中的海外名胜，被道家称为神仙所居。“登瀛洲”，即比喻学士们的“神仙聚会”，实是掩人耳目而已。

李世民设“天策府”的目的，是策论“历古今之得失，验行事之成败”。李世民坦言：“能安天下者，惟在用得人才。”其选聘的人才虽各有专长，但献计谋策须遵守一个原则：即“以铜为镜，可正衣冠；以古为镜，可知兴替；以人为镜，可明得失”(《资治通鉴》卷 14)。唯此，才能为开创盛世国运效力。

“天策府”及十八学士对初唐政局的稳定起着至关重要的作用；同时也为李世民上位，开创贞观之治打下政治思想基础。

之五，谨慎出政(卷 14 唐纪)

李世民上位，即时谋划贞观政局。而日常面对的一个繁重政务，便是成百上千的朝廷奏章、各地事报。千头万绪，何以能轻重缓急，妥善处置？

太宗的一个绝招便是：将奏报粘挂内殿周壁。此举可谓千古奇观。

《资治通鉴》有记载："比多上书言事者，朕皆粘之屋壁，得出入省览，每思治道，或深夜方寝。"

将此记载可作以下诠释：太宗日理万机，繁多奏章未得其详情始末，唯恐粗粗览阅，轻率武断，仓促决策难免出错，轻者误事，重则误国。于是，太宗将奏报粘挂内殿四壁，每逢出入之际，举目即视，可以细细斟酌，反复详审。凡有关军政大事，便可随时处理。每处理一件要务，必思量其治理天下的道理，避免疏漏。故而，每每都是秉烛深夜而歇。

李世民观壁阅奏章，揭示了初唐为何能行贞观之治的真谛：主政者，勤于治国，须是孜孜求治，严戒疏忽懈怠，心中有全局，谋略施策不失细节。每出一政，事关国运民生。唐太宗观壁阅奏章，可谓前无古人，后无来者，历代帝王无出其右。其实，太宗此举仅是形式，其治国精神则是：一政一策，谨慎为之。

后朝朱元璋赞:“有君天下之德,安万世之功”;康熙评点:“观古来帝王,唯唐太宗。”

赞语均非妄言。

(2024—12—01,09:18)

之六,慎终如始(卷14唐纪)

唐太宗与宰相魏征有次对话,话题是:怎样才能赢得人心?

太宗说:“人言天子至尊,无所畏惧。朕则不然,上畏天之鉴临,下惮群臣之瞻仰,兢兢业业,犹恐不合天意,未副人望。”魏征答:“此诚致治之要,愿陛下慎终如始,则善矣。”

李世民尊孔夫子的古训,来了番“吾日三省吾身”。孔夫子的“三省”,一是反省做事是否尽心尽力,忠于职守;二是反省交友是否不诚信;三是反省传授知识是否空谈,不值一文?李世民反省的是:治国理政是否有违天理(也就是儒学之道);是否群臣畏惧帝王威严,敬而远之,离心离德。一个君主能在太平盛世,不为莺歌燕舞、繁华昌盛而昏昏然,依旧兢兢业业,时刻怀着自省之心,确实不易。

魏征的回答,则更令人起敬:自古以来,开明、圣哲之君,治国常怀忧患意识,真切而诚恳地自我反省,是得民心之必需。

但愿君主能慎终如始。魏征的意思是“慎终如始”。

“慎终如始”一词，见于《老子》。意思是：做事自始至终，谨慎不懈，则无败事。这与现在的“不忘初心”是同义。魏征列举昔朝历史，尧舜之君与桀纣作对比，以证“慎终如始”的必要。

唐尧、舜帝是上古时代的君主，以“大道之行，天下为公”而治天下。在位始终如一，以德治国，以民为贵，仁政待民，既创伟业，又广得民心。桀、纣则相反。商、周社稷初稳，便真相毕露。声色犬马，横赋暴敛，视民为贱，草菅人命，将个人欲望凌驾于国法，导致天下大乱。历史的教训得出结论，建江山与守江山应一以贯之，方得民心。若说唐太宗的自省之言显示一个君主对自知之明的自觉，那么，魏征“慎终如始”的诤言可谓深刻，富有远见。这意味魏征在思考一个严峻的问题：唐太宗治国理政能否不忘初心、始终如一？

魏征向李世民进谏始终是“直言无隐”，信念执着，自始至终。李世民的评价：“尽心事我，献纳忠谠，安国利人。成我今日功业，惟魏征而已。”历史学界评说，魏征辅佐唐太宗共创贞治之治，恰如其分。

（2024—12—14，06:48）

点评《道德经解读》

平台发表《道德经解读》已有六七十篇。作者们孜孜不倦，持之以恒，用心作文，实为可贵。

“解读”一章一篇一题，文体整齐：古籍原文、白话翻译、知识诠释，一气呵成。

各位作者读古不拘泥，解读不艰涩，深入浅出。尤其是反复推敲的标题起到提纲挈领的作用，将老子思想表达清晰，重点突出，言简意赅。若能再作些提升，拟可扩大思维视野，以古鉴今，贴近当下，更能勾通知识人，惠及大众。文章寸心知。译文、解读凝结了作者的学术修养和书写的文字功底。

“解读”引发了一点思考：老子的《道德经》是中国智慧的一个标志物。古代先哲将它列为“万经之首”，言下之意，其价值高于孔子的《论语》。可见这部经典在中国文化思想史上的地位。《道德经》的论题极为宽泛，既有自然界的识物，治国之道、理政谋略；又有人生、处世、修身的道德伦理。论说聚焦于如何认识自然、世界、社会，如何认识自我和人性。规律性认识和方法兼蓄，辩证与实践思维结合，便将经说提升到哲学的层面。

《道德经》可谓中国智慧的集成，也可以说，它是中国古代的“大众哲学”。中华民族之所以博大，就在于保存和完善了凝集民族智慧的文化精神。如今，读《道德经》者甚少，能学以致用的更是难得。如果社会被拜金、名利、享乐销蚀，就会陷入精神荒芜和哲学贫困的危机。

所以，介绍、诠释、发扬光大中华文化的智慧，乃是当代知识人应尽的责任。

（2024—11—28，08：33）

一年读一部书

从岗位上退下来，最大的乐趣就是读书。数十年的出版生涯，阅稿读书无数，但花整整一年时间读一部十卷本的《清史纪事本末》还是头一遭。但读而思之、品之，其乐无穷。清史实录虽是一些文化碎片，琐细而不连贯，若能在阅读中寻找出某些逻辑和史脉，体悟历史足迹的真理，其得益匪浅。读史事实录，如同品茗，先清淡，渐津涩，后甘甜，读史也有同样的感受，先茫然，困惑，后渐入佳境，终而有恍然若悟的历史智慧之快感。

数十年来，读书养成一个习惯，信手做些笔记，融入点滴思考之心得。起初权当休息娱乐，无意为之，不料，一些随意文字被报刊发表，竟有粉丝鼓励。一个不经意的念想萌生，不如将清代自康熙到光绪各朝的一些史事做成文化随笔。这便有了一年读一本书的故事。

（2023—09—01，13：04）

读书四要

读书对于我们的人生有什么意义?

读书,能开发人的心智、启蒙人的思想。知识是力量,读书建信仰;能把野蛮人改造成文明人,把文盲塑成精英。故而,提倡开卷有益,博览群书。然而,读书要有思考,有辨别,分清什么是知识、真理,什么是伪科学;否则,越读越糊涂,成了书呆子。孟子说,"尽信书不如无书",就是这个理。

再则,读书要去功利,立志清明。古人云,书中自有黄金屋,书中自有颜如玉。若为了金钱、美女而读书,必将误了自己一生。

(2024—03—20, 08:30)

之一,修身立信

读书,能开发人的心智,启蒙人的思想。知识是力量,读书建信仰;能把野蛮人改造成文明人,把文盲塑成精英。故而,提倡开卷有益,博览群书。

然而,读书要有思考,有辨别,分清什么是知识、真理,什么是伪科学;否则,越读越糊涂成了书呆子。孟子说,"尽信书不如无书",就是这个理。

再则,读书要去功利,立志清明。古人云,书中自有黄金屋,书中自有颜如玉。若为了金钱美女而读书,必将误了自己一生。

(2024—03—20,08:30)

之二,做笔记

笔者一直坚持的好习惯——做笔记。其实,笔者的读书并不轻松。读后,要做笔记,融入点滴思考心得,随后书写成文。不读书是愚,读而不思则是昧(糊涂)。唯有读而思,思而有得,方觉得读书才有乐趣,有意义。

前些年,读清史实录便是一例。起初,权当休息娱乐。不料,一些随意书写的心得被发表,竟博得一些文友的青睐,便有点受宠若惊了。一个不经细思的念想萌生而起,不如把读书心得做成文化随笔。

这些年的积累倒是悟出一个道理：读书做随笔，若习惯成自然，自会苦尽甘来。

（2024—03—04，15：53）

之三，讲点功利

读书应不应该功利地去读？

功利，即追求的价值和目的。说白了，读书的功利即追求阶段性的目标。从这个角度看，读书讲点功利，是对人生定位的初始思考。若说，通过读书求得喜爱的职业、好的前程，经努力取得舒适的生活，这是读书人质朴而理性的人生追求，无可厚非。这也是读书功利的正当性。如果，读书是将知识、学历当作筹码，去以小搏大，能有朝一日攀龙附凤，“做官”“做大事”（李欧梵语）；甚至，不惜研读“厚黑学”，娴熟搏功利之技巧。这种“赌人生”的读书功利实在不可取，迟早会自毁人生。

读书为了功利，在现实社会比比皆是。就看读书人的选择和定力了。

（2024—03—22，10：13）

之四,积累知识

读书,广义的理解可泛指阅读;狭义的解释,通常指课堂里的受教。姑且从阅读的角度诠释读书。简单地说,阅读是充实知识,丰富人生。

如从思想层面理解,阅读是社会文明的一种形态,也是传承文明的一种形式。阅读若能蔚然成风,便能构建与和谐社会相适应的书香社会,这可以视作阅读的本质意义。

可是,在日常生活中,阅读并不那么纯粹,较多是有两种阅读:一是娱乐性阅读,视读书为一种消遣;二是浅阅读,读书不求甚解,读后不思量。我们不反对这两种方式,毕竟汲取知识可以在不同的层面上,只要读好书便是。可是,阅读能悟出道理,且终身受益,还是要有一定的目的性,理解阅读的本质意义。

这便是:阅读,是知识的积累,是对生活的发现,是对人生的感悟。

(2024—03—26, 13:17)

历史评说苏联解体

(一)

1991年12月18日,中央电视台“新闻联播”发布消息:苏联总统戈尔巴乔夫与俄罗斯总统叶利钦达成一项决议,苏联将在今年底前终止存在。突如其来的消息,让人惊呆了。次日,笔者乘机到达莫斯科,应苏联哲学研究所邀请进行学术交流。这意味着笔者是最后一批访问苏联的中国学人。

航空港甚为平静,似乎没有重大变故发生。海关出口六七百米的长廊两侧,商店里洋酒、手表、首饰全是以美元标价。出口处,不少青年人围上来,比画卢布换美元。在莫斯科,美元最吃香。

12月25日,笔者目睹了克里姆林宫升起俄罗斯三色旗。一队高举苏联国旗的中老年匆匆走过红场,没有喊口号。莫斯科郊外积雪足有半尺厚,然而,俊男倩女依旧牵着狗满街闲逛。倒是陪同的翻译说了句,你来得不是时候。看来,苏联解体没有引起强烈的社会震荡。民众已坦然接受了。

回国后，也不见国内主流媒体对苏联解体的评说。多年后，中央编译局的《苏联简史》(4卷)只是从20世纪50年代苏美冷战的角度做了历史叙述。直到近十年，才见少许文章对苏联解体作正面评说。

(2024—05—04，08:59)

(二)

苏联解体的历史教训，是个敏感问题，但历史是不可回避的。

苏共二十八大的政治路线发生根本转变：走人道的民主的社会主义；放弃政治和意识形态方面的垄断主义(所谓垄断主义是指马克思主义传统；苏联当时的政治体制)；推进经济改革，改革所有制，变国家所有制为社会所有制，允许私有制，各种所有制平等竞争；……苏共二十八大后，戈尔巴乔夫主导和推行政治体制改革，结果造成苏共分裂，戈尔巴乔夫被迫下台，苏联解体。

国内研究者从经济、政治体制及意识形态等方面做了分析，对苏联解体的根因做了以下判断：苏联依赖的计划经济模式阻碍经济发展；政治体制的集权，导致权力滥用、腐败和官僚主义；民族矛盾和冲突的激化导致社会动荡；西方自由主义和资本主义观念的渗透;等等。

“吸取苏联解体的历史教训。”笔者通过检索发现两部著作,对这一话题的思考可提供新的思路。一是美国耶鲁大学教授约翰·刘易斯·加迪斯的《长和平——冷战史考察》。二是《戈尔巴乔夫——姆里纳日谈话录》。

(2024—05—05,07:42)

(三)

《长和平——冷战史考察》对了解苏联解体的成因是不可或缺的著作。作者加迪斯是当代著名冷战史和大战略研究的专家,被誉为“冷战史泰斗”。《长和平——冷战史考察》聚焦的话题是苏美关系。

作者充分比照美苏两国的国家档案,着重评估意识形态对冷战思维的影响。加迪斯得出的结论是:美苏之间,经历半个世纪意识形态斗争的冷战,最终以“和平”(也就是和平演变)——苏联自行解体的方式结束。美国之所以能“赢得冷战”,不是用武力,而是意识形态起着根本性作用。其中,包括自由主义思想体系、消费主义价值观、多元政治的民主化、自由市场资本主义制度等。美国的冷战思维,是对苏联政治、经济、社会文化等制度进行全方位的战略渗透和颠覆。

这一切，均被苏联解体前后的政治、经济、社会转型（即自由市场资本主义社会）的历史所证实。

（2024—05—06，07：38）

（四）

第二本书《戈尔巴乔夫——姆里纳日谈话录》。

两作者曾是国际共产主义运动的风云人物。之后，均从正统的布尔什维克转变成社会民主主义者。

谈话的时间是1993年11月至1994年6月，即，苏联解体治的第二、第三年。戈氏是苏联前共产党总书记，姆氏是前捷克共产党政治局委员，“布拉格之春”的策划者。

1968年，姆氏作为年轻的政治家策划“布拉格之春”，改革捷克斯洛伐克的政治体制，因遭失败而被撤职。

戈氏则因主导苏联政治体制度革的“天鹅绒革命”，也因失败而下台。

这场长达半年的对话，是他们对信仰的根本转变所做的一次总结。

在具体解读“谈话录”之前，先了解“天鹅线革命”是很有必要的。

20世纪70、80年代的勃列日涅夫时期，苏联已形成官僚资本利益集团，权力集中的政治体制滋生的贪污腐败已蔓延到社会各个层面，贫富悬殊，社会对立，经济发展滞缓。

戈氏要改变苏联现状，面临着政治体制改革的紧迫性。

苏共二十八大通过决议，实施政体改革。然而，戈氏选择的是西方模式：

(1)建立总统制，苏共退出执政，一切权力归总统(戈是苏联第一任，也是唯一一任总统)；

(2)“党的新生代”取代原有的苏共领导层；

(3)建立多党制，实行政治多元化；

(4)推行立法、行政、司法三权分立体制。

戈氏的政改引起苏共领导层的激烈震荡和分裂，叶利钦主政的俄罗斯带头，与多个加盟共和国退出联盟。“天鹅绒革命”宣告失败，戈氏下台。最终，与叶利钦签订苏联解体协议。

(2024—05—07，07:59)

(五)

《戈尔巴乔夫——姆里纳日谈话录》除了记录苏、捷两次政治改革的经历，更多是围绕“社会主义新概念”、“民主化选择”、“经济改革”的话题展开对话。

戈氏和姆氏的社会主义“新概念”“新思维”的核心内容是：民主化多元政治、自由化市场经济。这也是《戈尔巴乔夫——姆里纳日谈话录》始终围绕讨论的主题。

第一、民主化的政治变革。

戈氏和姆氏都认为，需要对社会主义制度做全面检讨和修正。

姆氏先走一步，从“共产党内部”发起一场改革运动。“布拉格之春”改革打出“社会主义不等同于现行的苏联体制”的政治口号，以“自由化、民主化”为目标启动捷克斯洛伐克的民主化进程。

戈氏也做出类似的政治表态，“放弃苏联所谓马克思主义学派提出的框架”“社会主义只是一种价值观、一种思想，不是一种社会政治制度和意识形态的框架”。他在策划、主导“天鹅方绒革命”中，从本质上脱离了经典马克思主义。

由此，西方史学家评论说，戈氏和姆氏“最后都变成了社会民主党”。

戈尔巴乔夫将政治“民主化”当作一场“启蒙运动”，并对“民主化”的含义做了定位：“社会主义思想只有通过扩大民主进程，公众言论自由和整体政治改革才能付诸实践。”“民主化”的最终目标是“政治多元化”。

在这一“新思维”指导下，戈氏在“天鹅绒革命”中提出具体的政治主张是，“推行议会制、多党制”，为“政治多元化”建立了具体的体制框架。

第二、自由化的市场经济。

姆氏直言：“社会主义可以基于资本主义经济发展，不论是价值取向方面，还是在机构形式方面。”对姆氏的理论，当时的捷克斯洛伐克共产党领导层就指责他为：修正主义者，“想从根本上变革现存体制”。

戈氏持同样的“新思维”，并进一步提出，必须在“市场和所有制新形式”，尝试“引进资本主义中”找到改革出路。戈氏还将“自由市场经济”概念纳入一种“价值观”的范畴，“自由竞争成为体制性开放的主要经济形态，市场听命于资本和利润”。

若对历史解析做一下小结，苏联解体的根因在于：美国对苏联的全面渗透及和平演变；苏联共产党内部的自由化蜕变。

由社会民主主义者戈尔巴乔夫主导的政治改革，背离了经典马克思主义诱发苏联解体。“多米诺效应”又加速了东欧社会主义体系的崩塌。

（2024—05—08，08：14）

解读的意义

每年的4月23日是世界阅读日，旨在提倡文化阅读，构建书香社会，充实知识，丰富人生。宁波图书馆《天一讲堂》（“天一阁藏书楼”是著名的文化地标）在阅读日前后举办讲座，邀请各地学者、作家演讲。2009年笔者有幸受邀参加讲座。这年邀请的其他嘉宾有易中天、邓正来、陈子善、腾建群、南帆、王岳川、赵丽宏、江涌等。

因为笔者主编出版了一本书——《改变美国的20本书导读》。因此讲座的题目选的是“解读美国精神”，现成的资源，省了不少备课时间。2003年，美国巴诺连锁书店及《图书》杂志邀请学者及知识人士以通讯方式评选20本经典读物，初衷是寻找“改变美国历史进程、塑造美国人性格的书”。所选的书涉及政治学、文学艺术、社会学、心理学、女性学、民族学、经济学等。列在首位的是美国建国时（1776年）的《常识》，居于末位的《总统班底》是1974年出版的，跨度长达200年。国人较熟悉的《共产党宣言》《女权辩》《汤姆叔叔的小屋》《草叶集》《梦的解析》等都收在其中。

讲座留下的记忆，是笔者与读者互动以及媒体采访。对话的焦点是：解读的意义。

问：解读改变美国的 20 本书的意义是什么？

答：凡是一个民族的人文精神，其精髓在于它的自我规定性。解读 20 本书，可以了解到，美国人的人文意识集中凸显在两个方面：一方面是以人为本的文化精神；另一方面是平等、自由的自由主义是美国思想文化的价值目标。这种自觉的人文意识，驱动美国人对本民族的文明素质、道德伦理、思想意识以及社会变革的反省和思考。

问：解读中国文化经典与美国文化经典的区别在哪里？

答：中国文化经典对当代人的启示，偏重于内修，即强调人的自我修养、道德完善、励志抱负、社会责任和使命感。美国文化经典是偏重于外修，强调人的平等、社会的和谐，以及社会的公平、公正。我们需要以开放包容的心态接纳西方文明优秀成果。

问：解读美国文化经典是否要引导？

答：当然。如果对 20 本书做整体性思考，会得到这样的印象：美国人的人文意识缺乏民族精神最基本的原则，即实体性与主体性的不一致。美国人偏重个体自由的主体性，是实用主义的价值取向。这种文化意识往往会形成双重标准，即人文精神的理念和行为背离的悖论。这便可以理解当代美国为何盛行二元人权观，双重标准的价值观：在主张自由平等的同时张扬霸权主义、种族歧视等。

由此而言，对美国人文精神的解读，还应持以理性的思考和批评，避免陷入对美国精神盲目崇拜的尴尬。

（2024—03—16，05：21）

改变美国的 20 本书(部分)

(一)《常识》(1776 年)

《常识》列在 20 本书的首位,也是世界意义上的第一本畅销书。它催生了美国,也催生了一个时代。

1775 年,美国独立战争爆发。第二年,著名的《独立宣言》发表,标志着北美新大陆的美利坚合众国诞生。而《独立宣言》的政治纲领中基本原则、思想均来自托马斯·潘恩著的《常识》。独立战争的核心领导人物是 4 位。华盛顿(后为首任美国总统)、起草宣言的杰斐逊(1801 年总统)、潘恩(自由撰稿人)、富兰克林(科学家,发明避雷针)。潘恩承担了设计独立战争的政治纲领及目标的重任,据此向民众进行思想启蒙。作为独立战争号角的急就章《常识》就应势而出。

《常识》的基本内容:

(1)英国君主制度和世袭制是邪恶的(北美是英国殖民

地)，人们不能获得自由、安全，只有腐败、专制。

(2)战争已是事实，没有和解的可能。独立，失去的只是枷锁，带来的是繁荣、自由、民主、光荣。

(3)战胜英国殖民军是完全可能的。

《常识》对形势的判断、战争正义性的宣传立刻成为民众的思想武器。潘恩最大的贡献是把欧洲启蒙运动中精英对自由、平等、博爱、民主共和的纸上理论化为浅显的常识，深入人心。1776 年 7 月，《独立宣言》原汁原味地把潘恩《常识》的内容以政治纲领的形式公布于众。独立战争胜利了，但殖民地大陆议委会的权贵窃取了政权，潘恩成了不受欢迎的人，被迫流亡。直到 200 年后才获得美国和世界的公认。

美国的知识精英作出高度评价：《常识》是改变美国历史进程的第一本书。

(2024—03—20，05:01)

(二)《女权辩》(1792 年)

玛丽·沃斯通克拉夫特所著的《女权辩》，又译《对妇女权利的证明》。作者是美国第一位女权主义者。该著作为欧美各国维护女权的斗争拉开了帷幕。女权运动对西方社会产生了巨大影响。《女权辩》的核心内容是，追求平等、自由、和平的政治诉求；批判性别主义，追求与男人一样的社会地位和权利；反对男性统治两性关系；等等。作者颠覆了“女性应该附属于男性”的传统，主张女性有独立的工作权、受教育权，享受公民的政治权利。颠覆性的言论在18世纪的西方社会丢了颗“炸弹”。

《女权辩》辩了什么？作者从爱情、亲情、婚姻、道任、责任等，女性涉及的所有人生领域，阐述了人格独立的女权思想。列举几条：

(1)如何看待爱情、情欲？

玛丽：真正具有独立人格的现代女性，不会回避人的情欲。情欲是爱情的感性表现。直面情欲，是女性追求独立自由不可避免的一步。

爱情不是生活的全部。女性应该有伟大的目标。

(2)如何看待女人的求知权利？

玛丽：女性获取知识应该有同等的权利，完成人生的种种责任，应该从事各种能够培养品德、获得知识的活动。

(3)如何看待人格独立？

玛丽：女性应该在现实生活中找到自己的位置，为自己争取一块让生命与灵魂成长的芳草地。

……

当代美国女权主义的一些言论，都未超越《女权辩》。该书推动了西方社会的女权运动，使西方女性走出家庭，完成了向知识女性、职业女性的角色转换。这也是西方文明的一个标志。

（2024—03—21，07：57）

（三）《美国奴隶道格拉斯自述》（1845 年）

导引美国废奴运动的经典有二部：弗雷德里·道格拉斯撰著的《美国奴隶道格拉斯自述》（以下简称《自述》），比切·斯托的《汤姆叔叔的小屋》（以下简称《小屋》）（1852 年）。《自述》比《小屋》早了整整七年。但民众广为流传的则是后者。小说《小屋》直接引发了废除农奴制度的南北战争。美国总统谑称作者为"酿成了一场大战的小妇人"。然而，在思想政治层面影响美国历史进程的却是《自述》。

《自述》是一部传记，文学性逊于《小屋》。作者对奴隶的生活、人生作片段式的叙事，缺乏故事的阅读感，书中的议论又多于叙述。不如《小屋》能广泛传播，也是情理之中的。但是，《自述》的作者是林肯总统的黑人问题顾问。《自述》如同一篇政治宣言，更富有鼓动性和战斗性。作者呼吁：废除奴隶制度，"这不是黑人问题，这问题在于，美国人民是否拥有足够的忠诚、敬意和爱国精神，去履行自己制定的宪法"。这段演讲成为黑人民权运动的经典格言。这也反映了《自述》在知识阶层中有着极强的号召力和影响力。

《自述》发行有这样的记录：1845 年出版仅 4 个月，便售出 5 000 册。1846—1847 年，在英格兰和爱尔兰翻印 5 个版次，可见作者影响力已远不在北美大陆。

道格拉斯是奴隶自传体写作的始作俑者。他撰写叙述的是真情实感，记录他对抗争奴隶主、废除奴隶制度的政治主张，对邪恶与正义、沉沦与救赎的思考。在他之后二十年间，美国本土出版了 80 多部类似的自述文学。“奴隶自述”成为美国文学史上的一道独特景观。由于《自述》在社会上层的影响力，推动了林肯内阁颁布震动西方社会的《解放宣言》，通过宪法第十五条修正案，保障黑人获得普选权。

1895 年，道格拉斯突发心脏病去世。著名美国黑人领袖马丁·路德金尊称他为“美国民权运动之父”。

（2024—03—24，11:10）

（四）《隐形人》（1952 年）

在读之前，先回顾当代美国历史的两个片段：非洲裔的奥巴马 2008 年当选美国总统，在美国，乃至在全世界引起极大震动。奥巴马宣誓就职，200 万人参加观礼，其盛况堪比林肯总统就职。奥巴马的当选，从反种族歧视角度看，21 世纪初的美国社会，种族歧视开始边缘化了。

若把时间倒退 200 年，美国社会的种族歧视构成了身份壁垒。黑人虽然从废奴运动中赢得了自由，但作为边缘人仍然无法融入社会。种族歧视引起的白人与黑人的冲突、斗争贯穿了整个 20 世纪。这场斗争的本质是，黑人为争取社会平等地位和身份认同而战。

黑人(包括非美族裔)的身份认同是美国历史上继“废奴”之后，民权运动的新的挑战。这就是拉尔夫·埃里森所著的长篇小说《隐形人》的主题。小说的故事叙述的逻辑十分清晰。主人公出生于黑人家庭。从幼年便受到白人的歧视和折磨，失去受教育的资格，从农村流浪城市，在恶劣有毒的环境里打工，意外事故中受伤，成了医院的“实验品”……人生的曲折、悲哀，就是因为是一个没有身份的“隐形人”，社会边缘人。黑人主人公的遭遇反映了美国社会在历史行进中的尖锐种族冲突和身份认同危机。

《隐形人》的文学价值对当代仍有现实意义。小说出版的 20 世纪 50 年代，黑人的民主权利得不到保护和尊重，以黑人抗议为主题的现实主义小说大为流行。黑人的生存状况引起社会普遍的同情，由此又进一步引发白人与黑人文化冲突的社会危机。

奥巴马当选总统,可以看出黑人身份认同的理性精神的胜利,以及文化冲突的缓和。但是近十年间,美国两党政治斗争又一次挑起新的种族歧视。黑人及非美族裔与白人的冲突蔓延到政治及文化的各个层面。由此,《隐形人》呼吁重建处于弱势地位的黑人文化的主体性和身份认同便有了当代性的意义。

(2024—03—28,08:16)

(五)《屠场》(1906年)

这是一部反映美国进入资本主义初始阶段的社会纪实小说。1865年,南北战争结束,美国经济社会得到迅速发展。庄园主及其产业转向工业化与城市化。历史学家称之为美国的"镀金时代"。资本主义初始阶段,打破了美国社会阶层和社会秩序的平衡。资本原始积累促成社会财产向少数富豪集中,贫富差距急速扩大。资本的血腥与不人道,造成经济秩序极端混乱:"血汗工厂"盘剥打工者,造假、伪劣、贪污受贿,司法失去正义与公平,腐败丛生,社会在失序中激烈动荡。一些有良知的作家,直面美国社会现实,奋起揭露、抨击社会的阴暗面。厄普顿·辛克莱的《屠场》是其中最有影响力的代表作。

小说讲述一个移民家庭的悲剧人生，但情节展现则是全景式的社会写实。一面是芝加哥屠宰场雇工的苦难：非人的居住屋，为谋生借贷行贿，争岗位而残酷内斗；主人公经历被开除、罢工、上黑名单、工头欺女霸妻、被密探起诉、家破人亡……另一面是屠宰工场：死猪充当活猪，用防腐剂保存加工肉肠；政府检察官与工场主勾结，玩忽职守，受贿腐败。《屠场》展现了一幅“镀金时代”的社会万象图。

小说出版后，震动了美国政府高层。罗斯福总统读后已不敢再吃加工肉肠。《屠场》引起社会强烈的抗争，直接催生了两部有关“食品安全”的法律：《纯净食品及药物管理法》《肉类检查法》。辛克莱本意是通过悲剧人生和外来移民的非人境遇，以唤醒美国公众的良知，但实际产生的社会价值远远超越了情节表象。这便是，揭露美国资本主义初始阶段的腐败和黑暗。

英国首相丘吉尔读完小说后颇为慨叹，说：“这是一本可怕的书，刺穿了最厚的头颅和最坚韧的心脏。”美国著名作家杰克·伦敦评价：这是一部“揭露工厂奴隶制的《汤姆叔叔的小屋》”。确实，《屠场》是人们了解资本主义初始阶段社会的范本。有评论家认为，这是《资本论》的形象注释。笔者赞同。

（2024—04—04，10：04）

(六)《地球的颤栗》(1957年)

这是安·兰德的一部科幻色彩的哲理小说。全书厚达1 000多页,自始至终充塞着长篇议论。这部缺乏文学趣味的小说,却成为美国畅销书。初版后的半个世纪内,每年销量高达30万册。据美国国会图书馆的读者调查,小说的历史影响力仅次于《圣经》,名列第二。若把小说出版纳入美国社会考量,其结论是毫无异议的。

20世纪50年代,"二战"及朝鲜战争后的美国处于道德危机、思想混沌的时期。宿命、悲观、人生迷惘以及非理性堕落侵蚀着美国社会。最为突出的是,被称为"垮掉的一代"的年轻人,怀疑、憎恨"现代文明",认为这是一座"精神牢房"。用酒精、毒品、性、暴力、犯罪及疯狂的自虐对抗社会。

兰德的《地球的颤栗》应时而生。她的小说旨在构建新个人主义的理想之城,塑造当代美国人的核心价值观,为赎"垮掉的一代"带来精神支撑。兰德将希腊神话中大力神阿特拉斯塑造成拯救人世的思想巨人,用冗长的演说为美国公众布道。

现选摘几段:

这是一个道德危机的时代,你们为了仁慈牺牲了正义,为了整体利益牺牲了个性,为了自我否定牺牲了自尊。

你们的政治,认为我们很危险,需要严加束缚,那我们决定,不再接受任何束缚。

你们一生随时可以去选择或者逃避独立思考,但无法逃避生存的事实。

人需要一种价值观念来指导行动,生命就是指引它行动的价值标准。

为了自己而存在,让自己n得到快乐便是他的最高道德目标。

每个人都是自私自利的,每个人都尊重他人自私自利的权利。

兰德的说教获得美国公众,尤其是年青一代的追捧。兰德由此成为20世纪60年代的美国偶像,被认为是最能体现美国精神的思想家。由此,自20世纪下半叶起,美国人的价值观被重塑,以个人主义的重利己的核心价值观融入国家意识形态,并成为美国大众的一种自觉意识。

(2024—04—10,11:52)

(七)《寂静的春天》(1962年)

蕾切尔·卡逊是一位研究野生生物的科学家,也是著名的科普作家。她的海洋系列《海风下》《海的边缘》《环绕着我们的海洋》，以优美的文笔、睿智的思考、真挚人文情怀的书写蜚声于文坛。写作《寂静的春天》(以下简称《寂》)却一改昔日风格，以情绪激烈的呐喊向美国当局发出警示和呼吁：保护环境，开启绿色革命。这是当代美国历史上重启社会变革的又一篇檄文。

20世纪的美国，科技已成为社会发展的新动力。伴随而至的，则是三废(废料、废气、废水)污染，严重毒化生态环境。美国仅一年就有500多种化学合成物付诸使用。尤其是农作物杀虫剂(例如，DDT、氯丹)被广泛使用。化学残留物进入人体，损害肝脏，引发癌变。因利益驱使及盲目无知，美国的政治精英们却视之为20世纪的科技文明。政府当局则沉醉于所谓的新生产力的财富创造。事实是，美国工业化的高速扩张，造成严重的环境污染和环保危机，导致现代美国人与生态环境的关系紧张，更是暴露了美国社会制度的缺失。

作为有良知的作家，卡逊不惜挑战工业巨头和政府高层，在《寂》一书中，以大量社会调查的证据和案例，揭露、控诉致命的真相。《寂》终于唤醒了民众，并奋起为拯救人类的生命而战。

《寂》出版的意义是：(1)在人类社会，第一次提出“环境保护”的概念。经过抗争终而成为公众认同的社会意识。(2)冲破美国社会的传统观念，大自然不只是征服与控制的对象，更是必须保护，与之和谐相处。（3）《寂》开创了一个新的“生态学时代”，从环境污染角度，唤起人文关怀的意识。

《寂》掀起一场新的革命，即绿色革命。人们将该书与《汤姆叔叔的小屋》相提并论，作者都是一个弱女子，却发动了一场前所未有的社会革命。

（2024—04—17，07：53）

（八）《论死亡与濒临死亡》（1969年）

伊丽莎白·库伯勒-罗斯致力于死亡和临终关怀的研究，是芝加哥大学精神病学家，其撰著的《论死亡与濒临死亡》（以下简称《论》）充满着医学家的科学理性，也溢满着思想家的诗人激情。作为临终关怀的先驱，这部著作被译成20多种语言。美国国家临终关怀中心副主席康纳评价说，罗斯不但教会人们如何面临性命的逝去，同样教会了人们如何成长。罗斯去世后，在1999年，荣获“20世纪最有影响力的100位思想家”的称号。

罗斯确认，死亡濒临有五个阶段。此项研究成果得到世界同行的认可，并奉为科学真理。

第一阶段，否认与拒绝。罹患绝症时，病人会在不安和痛苦中挣扎较长时间，直接反应是拒绝死亡来临，否认患绝症。

第二阶段，愤怒。当否认无效，便出现愤怒、狂躁等偏激情绪。

第三阶段，交涉。病人要求对死亡设定一个能拖延的时限。

第四阶段，抑郁。当绝症的症状越来越明显，病人越虚弱时，便有一种强烈的失落感，造成严重的抑郁。

第五阶段，接受。这种接受，不意味着幸福，而是病人没有了感觉，失去了痛苦。

在《论》一书里，“死亡”并非沉重而痛苦的话题，而只是“一个基本常识”。死亡，不可避免，重要的是死亡濒临时的“临终关怀”，一种人性的拯救。这便导引出《论》的核心内容：(1)用心理医学的科学分析，解析死亡濒临的五个阶段。(2)如何以人性的情感去化解濒临各阶段的精神痛苦，使之自我救赎获得解脱。在尊严、爱心和安详中接受死亡。

罗斯从人本主义哲学解构人的死亡意识，其核心是，以人为本，尊重人格，张扬人生的意义。

(2024—04—23，07：07)

解读，消除历史的距离感

头条评论君出了个题目：《解读》遇到最大的挑战是什么？回答之前，先说说“解读”是什么？

笔者的思考，解读是要消除对历史的距离感。中华历史五千年，朝代的更替、文脉的形成、文明的传承，都为后人留下宝贵的政治、文化遗产。但，我们对五千年历史的认识，大多是来自教科书，往往是肤浅和朦胧的。时间和空间的距离使历史在当代人心目中变得陌生和虚无。

笔者写解读文章的初衷，是希望消除这种距离感。平台上撰文，不少是解读历史的，如大清史事、甲申三百年祭、历史周期律、读《资治通鉴》、点评道德经，乃至外国历史的评说苏联解体、解读美国精神(影响美国历史的书)等，近则百年，远则千年。解读文章的侧重点并不在“温故”，而是说“故”的教训和传统。消除距离感的目的，是让历史走近大众，完善其“三观”。

中国的历史研究和解读风气有过辉煌时期，如民国、新中国成立后的50年代。历史学者承接清代乾嘉学派的学风：考据、辨正。这自然是一门学问，旨在还原历史真实，鉴正历史的真伪，将中国历史正本清源。这个贡献不可贬低。

而今，读历史，更需要读活。解读的立足点应移步至“以史为鉴”“以史鉴今”，用历史的经验教训和历史的智慧去解惑当下在社会变革中出现的种种困惑。解读，即解惑。这也是消除历史距离感的一个途径。解读如何“以史鉴今”？笔者的理解是用人文意识解读历史的人、事、朝代的兴衰更替；分析和探寻盛衰兴败的轨迹，去理解和消化这份历史遗产。

笔者的一部30万字的历史解读之作《清史明鉴录》就做了一次实验。此书被许多高校和省图书馆列入必藏书目，这说明此路走对了。

然而，笔者看到的，只有零星的解读者，思想文化界则是在静默，读者也不多。解读中国历史，应立足当代政治、文化语境，用人文意识去透析和诠释历史表象（人、事件）中蕴含的规律性启示。因此，解读历史，不是简单复述和古文翻译，而是历史对现实提供哪些思考？这种思考，或许是：民族之魂何以能传承？社会何以突破轮回（历史周期律），与时俱进？政府何以能清明、官员何以能廉政？人性何以扬善惩恶？等。

解读历史，已不是书斋的学问，实际是智慧的考验。所以，解读中国历史的最大挑战，是思维定位和价值取向。

（2024—12—16，14:06）

清史辨

清朝是否导致中国历史的倒退

大清历朝长达二百余年，康雍乾三朝盛世则有 138 年，占近一半。乾隆朝中期的国民生产总值位居全球前列，若说历史倒退显然是说不过去。当然，盛亦乾隆，衰亦乾隆。此朝终结盛世开始走下坡。

原因之一，则是宠臣和珅疯狂敛财，擅权妄为，朝政失控。原因之二，后朝内忧外患，鲜有变革。如嘉庆虽勤政，治国贯以底线思维，但颇多固执己见，剑走偏锋；道光墨守成规，志高才疏，虽勤政一生却花落无果；咸丰只是大清政坛的匆匆过客；同治任人摆布，在位不谋政；光绪久居深宫，夭折百日维新。

二百余年的清朝既是古代的终结，也是近代的开端。其间，不乏励精图治、文治武功的盛世；恪守陈规，千疮百孔的衰落，更有丧权辱国、难以启齿的国耻。大清自始至终纠结着危机与变局。其官僚系统，政治、经济体制承继着数千年的封建传统，又在变局与危机的交替中沉积成一种善美、恶丑并存的封建文明。若将大清历史当作一面镜子，以古鉴今，可以了解历史的中国，镜鉴改革的中国。

(2020—09—22)

大清史事问答
——《危机与变局》访谈录

中华民族十分注重历史智慧的发现和传承。正因如此,才有五千年文化传统的积累。古代贤达说,"历古今之得失,验行事之成败"。就是说,读历史是为了总结社会兴衰之原因、治国得失之教训。

习近平总书记视察中国历史研究所时,讲了八个字:"知古鉴今,资政育人。"其内涵甚为丰富。将中国的文化传统作了延伸:读历史,需要理解历史,由此才能将历史的经验教训当作当代的镜鉴。

历史的镜鉴,是治理国家的思想资源,也应该让历史走近大众,让历史的智慧培育当代人。

在这一语境下,读大清历史会别有一番收获。拙作《危机与变革》只是应时而作的肤浅思考。

复旦大学胡欣轩先生、赵睿女士希望就一些读者关心的问题做一访谈。先经现场采录(复旦大学出版社音像分社录制),

由微信短视频平台播放。

现作为网络平台的又一形式，编入本集内。

（一）康熙是怎样在危机中创造盛世的？

康熙八岁继位，十四岁亲政，嗣位长达六十一年。

新朝之初，面临一个重大危机便是满汉对立，社会动乱。前朝当政者多尔衮、顺治实施暴政治国，所谓“首崇满洲”（沿用现代的政治术语，即满洲优先），实际是以武力杀戮与文化专制征服汉民。诸如侮辱人格的“剃发令”，禁汉俗，强推满文、满语，暴行“嘉定三屠”（三次屠城，残杀汉民二万之众）等。

满汉对立，激起汉民武装反清。清初社会陷于分裂的危境。

康熙执政的当务之急，是平息民怒，安抚士绅商贾各界，缓解满汉对立，逆转社会分裂。为此，康熙拟定了新的治国方针：“诚和善治。”

诚，施政谋策，务以民为本，取信于民，以诚信为正道；和，包容不同意见，不持偏执、走极端，不对异见禁言，建立和谐社会。康熙主政一生就是实践“诚和善治”的诺言。一个出身异民族的封建帝王有如此胸襟是极为难得的。

康熙初执政就力排鳌拜为首满族权贵的干扰，抓了以下几件实事：

一是约束八旗贵族，禁止圈地。清军入关建新朝时，多尔衮发政令抚军，纵容八旗贵族跑马圈地，侵吞汉民的民房良田，致使大批平民流离失所，衣着无资，直接引发了社会动乱。康熙废除前朝政令，禁止圈地，限时退田归民，废除变相廉价兼并、霸占民田的特权。康熙强力抑制贵族利益集团的私欲，维护百姓的生存权利，待民以诚信，这对化解满汉对立取得了立竿见影的效果。

二是尊重汉俗。民间习俗，既是一种生活方式，也是一个民族的文化传统。作为一种文化的约定俗成，对稳定社会常起着潜移默化的作用。康熙废除“剃发令”及汉民改俗新政；提倡满族效仿汉民祈福平安、乡会祭社等习俗以弥合满汉的文化隔阂。现代人看来，生活细节似乎可改可不改，但在异民族强权的统治下，能充分尊重弱势民族的习俗，还汉民之尊严是深得人心的。

三是向汉族文人开放仕途。康熙把开放仕途让汉人参政，列为缓和满汉矛盾的重要国策。这既弥补了满族官员不谙汉族民情的先天不足，又能化解知识达人对新朝不满；更重要的是建立满汉混合政府，改善权力结构，使朝政能迅速服务社会，取得和谐和平稳的预期。这正是康熙的政治远见。

上述三条仅是康熙初政时平息、缓和满汉对立，消弭社会动乱的应急策略。而治国的根本还是要将朝廷权臣(不分满汉)的思想、行为纳入“诚和善治”的轨道上来。在康熙众多的新政中,影响力、持力最大的就是“经筵宣讲经书”。

所谓“经筵日讲”,通俗地说,类似现在高官读书班。读经书,讲授事关国家政治大计,学习儒学经典,将满汉混合内阁、各部重臣纳入康熙的治政轨道。康熙将此列为“国之大计”,从根本上扭转大清的政风,为维护治国方略奠定思想基础。这是一个富有战略意义的治政谋略,在列朝列代中绝无仅有。

康熙的宽广政治胸襟和远见谋略,以民为本的人文情怀,充分显现了他的治国智慧。在大清历史中,康熙是将大清新朝从危机中拯救出来,是走向盛世的第一人。

(二)康熙晚年的“九子夺嫡”是他一生的败笔吗?

康熙晚年面临“九子夺嫡”的困境而无心朝政,这确是他一生最大的败笔。

康熙是智者、是圣人,但也是个凡人,当脱去黄龙袍时,圣人也摆脱不了亲情的纠结,也有无可奈何的遗憾。康熙治政的最后败笔便是立皇储允礽。

立皇位继承人,是十分敏感的政治难题。皇位的承继意味着以权力为核心的政局更迭和利益集团的调整,这决定着大清期的盛衰和未来。

允礽系皇后赫舍里氏所生。皇后难产而死，康熙与她情深似海，故特别宠爱允礽。仅一周岁，便立为皇储——未来的一国之君。在今人看来，简直是荒唐的儿戏。

康熙对允礽精心培育，自幼予以系统的帝王教育。奈何允礽成年后狂妄自大，秉性难改。康熙不得已废储。后又亲情难舍，废而再立。直到允礽勾结朝廷权臣，私结太子党，康熙才震怒再废储。康熙不得不停止立储。这一周折，使朝政陷入混乱的困境。更为严重的是，康熙膝下九子，为夺嫡酿成一场旷日持久的权力斗争 。

立储风波长达十八年之久，内阁群权臣几乎都卷入站边，这撼动了大清政权的根基，助推王朝的政治危机。

康熙立储失败，最后沿用顺治帝的做派，以所谓悬梁遗密诏的非正常手段立储。选继承人的政治抉择，变成无可奈何的秘密立储游戏。

康熙一世清明睿智的政治生涯落下了一处败笔。

（三）如何看待雍正篡改康熙遗诏的传闻？

雍正篡改遗诏夺皇位已成为坊间乐此不疲的话题。真伪与否，各执一词。史学界也尚未达成共识。

前二年，故宫博物院向部分学者公开这封密诏。据参与者（笔者的一位文友）所说，密诏确有几处字位是空白，不合常理，存有疑点。但仅凭这点，也没有论断遗诏之真伪。此权当是趣事了。

就大清朝政治继承的结果而论，雍正继大统是正确且唯一的选择。可说是，历史眷顾了大清。

嫡子允礽的政治品质不端，不能继大统。其他皇子尽管智力、能力有高低，却缺乏必要的政治历练和执政治理能力。

相比较，雍正在亲王时期便关注民生，熟谙官场利弊。44岁继位，执政仅13年，但治国理政有声有色。雍正善讲政治，也颇有政治手腕，缓解了康熙朝晚年政治隐患引发的危机，力挽狂澜，稳定大局，赓续了大清盛世。

（四）怎样看待雍正的告密制度和文字狱？

作为强势的封建帝王，以血腥的铁腕强化君主集权，这是常见的政治生态。但客观地说，雍正朝的告密制度化，以文字狱治天下，应是突出的历史污点。

先说告密制度——“密折奏报”。这是雍正朝的暗箱政治。

封建帝王强化皇权的专制往往会采取极端手段，打击异己，管制官吏和民众。明代的特务政治以锦衣卫、东厂和西厂最为典型。康熙“诚和善治”为调和君臣的政治博弈，明令废除特务政治。雍正不能再炒朱元璋的冷饭，便将康熙朝使用的“密折奏报”制度异化为暗箱政治。

康熙朝的“密折奏报”，仅仅是一般的公文呈报。涉及重大国事的奏章纳入“密折奏报”，由皇帝亲阅。选送“密折者”仅为少数亲信家臣，相当于现在的机要秘书。

雍正不同，是有意改变成树个人权威，独断朝纲的政治手段。

雍正规定，密奏者除了奏报国事，允许上下、左右相互告发。密告的内容包括：官吏的思想动态、人际交往、政治倾向、个人行为、生活细节。圣上借此鉴别其忠伪与否。实质是，雍正借“密折奏报”自上而下，堂而皇之组成一支忠于皇帝的监察队伍。

密折由雍正亲自批示，阅后缴还。凡有抄写，存留，隐匿者，一经发现，立即从重治罪。能“密析奏报”者起初不足百人，逐步扩大到 1 100 多名，渗透到内阁各部、军队、地方各级衙门。雍正说得很透彻，告密制度是“朕唯治天下之道”。这便使朝廷上下处于一种非正常状态。直到乾隆当政，众臣才敢联名上奏反对。到此，雍止“密折奏报”的告密制度宣告终结。

再说雍正的文字狱。文字狱是一种意识形态的文化专制。凡封建王朝要维护中央集权都不会放松意识形态的管控。

顺治、康熙两朝均有过文字冤狱。相比较而言，康熙显得宽容些，受害的范围较小，不搞株连而且文字狱均是单案偶发。

雍正的文字狱的主要对象是知识分子和民间舆论，重点是思想层面上强化意识形态管制。最为典型的是“投书案”。

案件的主角曾静是康熙朝秀才。因屡举不中，仕途无望而对清政府不满。此人十分崇拜批判君主专制的领袖人物、浙江名士吕留良。

雍正六年，坊间流传执掌西北兵权的岳钟琪是岳飞的后代。曾静异想天开，遣其学生赴陕投书，劝岳钟琪兴兵反清。结果，岳告密，雍正以谋反罪逮捕曾静。这便是清史上著名的“投书案”。

在抄家中，发现大量吕氏著作。投书案就此牵出吕氏家族。雍正精心策划了一场针对江南知识分子的政治围剿

先是释放曾静，让他以身说法，宣讲大清是正统立朝，列举清帝功德满天下，并揭露批判吕留良。

接着大造舆论，将谋反罪引向吕氏家族及江南文人。压制江南知识分子，称其传播反清民族主义思想。

可见，雍正“文字狱”的政治手段远非简单地制造冤案。若查考《清史纪事本末》，雍正的文字狱打击面宽、力度大，案发之频繁非前朝可比。

由于告密制度的暗箱政治，文字狱频发，文化专政，民间将

雍正视为暴君，史学界的评价也颇多分歧。

若要给雍正一个理性评价，还应将人物置于大清朝的政治生态中考量。

康熙朝后期的“九子夺嫡”，立储风波长达 18 年。以诸皇子为核心，内戚外臣结成朋党，朝廷派系的权力斗争引发了政治分裂。

其次，国库空虚。地方大员积欠国税，中饱私囊。清史纪事有记载，素称鱼米之乡、钱谷甲天下的江苏欠银达 1 800 万两。其他山东、湖南、湖北、河南等均欠 1 000 万两。王朝财政陷入崩溃的边缘。

再则，官吏懈怠成疾，民间对大清政权失望和不满，以致江南文人率先广散反清言论，已形成社会舆情，潜伏着反清动乱的社会诱因。

雍正要应对政权分裂、社会动乱、经济崩溃的多重危机。诸多因素促成雍正以“政治优先”的非常规手段，铁腕治国。

雍正的行为逻辑至为清晰，可用九个字概括：“整朝纲，立秩序，树权威。”正是如此，雍正才能在危机中力挽狂澜。

雍正治国有序，功大于过。

(五)乾隆是怎样抓经济的?

乾隆是颇有争议的帝王。但以民生为主,抓经济还是很务实的,而且政策得当,颇见成效。

乾隆执政的一个特点,不守成规,敢于标新立异,取前朝之长,避前朝之短。继统大位,即刻调整国策,纠偏雍正过于严苛的吏治政策,以"宽严相济"的吏治营造和谐、宽松的政治环境

上位第二年,先后颁布近百条诏谕,全面整顿政务。百条诏谕集中一点,即是将"民生为重"列为各级官员的第一责任。

所谓重民生,首要的就是抓经济。将重心由廉政转向勤政。经乾隆十多年努力,大清已初步形成以农为本、工商贸并举的经济格局。其国民总产值名列世界前茅。到乾隆朝中期,以经济发展为标志的大清盛世似乎达到了巅峰。

梳理乾隆经济治国的史实,值得一说的是乾隆倡导的"治生之道",即是以刺激谋生为目的的经营之道。相应的经济政策是:重农开垦,开放矿政,扩大自由贸易。

近千年封建社会均是单一的农本经济模式。如此胆识和魄力实是不多见。

古代中国,支撑农本经济的伦理,来自儒家的文化传统。到大清朝,承继儒学的程朱理学更是成为治国的意识形态。程

朱理学一条基本伦理:推崇和强化“重义轻利”。所谓“君子不喻利,喻利者,小人也”。这个伦理严重束缚了经济社会的发展。

乾隆反其道而行,奉行利义并重的“治生之道”。理学利义观被边缘化,仅作为维系人际关系的一种道德观念而已。这在经济领域无疑是一次思想解放,乾隆功不可没。

乾隆适时推出三项经济政策:

第一,重农开垦。

乾隆下谕,将重农开垦作为考核地方主政大吏政绩的一项重要指标。对勉力凿井灌田、开垦荒地的地方官予以嘉奖。

乾隆指的“重农”,除了精选良种,择宜种植,开荒耕耘,还特别强调:“因地制宜种植经济作物。”指令各地官吏在所辖境内尽责尽力,做到“野无荒地,户无游民”。

乾隆的重农政策不只细化,更有量化,考核落到实处。凡开垦耕田一律减免赋税。开垦荒地十亩以下永免土地税;旱田十亩免交土地税;水田三亩以上免交六年土地税。简而言之,乾隆的经济政策就是放水养鱼,不与民争利。

农业是大清之国本。农业活了,大清就稳了。为此,乾隆的重农政策力度不可谓不大。把重农与农民利益、官员政绩捆掷在一起。要搞形式、浮夸都不行。

第二,开放矿政。

乾隆二年始,允许民间商绅自筹资金开采金、银、铜、锡、煤等矿产，允许商绅投资获取合理的利润。二成交官八成归商。开放矿政并非放任自流，野蛮开矿；而是加强管理，通过审核颁发执照，将开采商纳入政府的规范管理。对稀有金属(如金、银)等能牟暴利的矿业必须官商合办。对开采过度者，则限额开矿。

有序的开放矿政，迅速推动了广西、贵州、湖南、山东等十余省的矿业。矿业又带动冶炼、运输业。省省有矿，遍地开放，矿业盘活工商贸一盘大棋。

第三，扩大对外贸易。

康熙朝曾将广州、澳门、厦门、宁波列为通商口岸。到雍正末年，对外贸易仍处于初始阶段。商贸纯粹是民间与外商的自由贸易，滞留在自流状态。

但疏于管理，在宁波、定海一线海岸屡屡发生走私；外商挟暴力强行廉价收购矿产品及丝绸。海关官员则挟权牟利。

乾隆在奏报中敏锐发现对外贸易的种种弊端均出自管理无序。放任自流地开放贸易不仅损害国家主权，更危及经济安全。为此，乾隆着手制定一系列政策，规范管理。既扩大开放，又须有序管理。

诸如，增设宁波、定海海关官署，没关卡，严禁走私，提高浙江口岸的进出口关税；限定生丝出口价格，防止重要物资廉价外流；将广州单独定为对外贸易的集散地，给予优惠关税(类似现在的特区);用关税的调节迫使外商回归广州贸易区,杜绝沿海走私。

乾隆二十四年,特地批准两广总督李侍尧的《防夷五事》,将开放贸易的管理制度化。

经过整顿,大清的出口贸易不降反升。举一例,英国东印度公司在广州贸易的年收入是275万两白银。而中国向东印度公司出口单一茶叶便高达1 300万磅,约300万两白银,贸易单一项顺差达白银30余方两

乾隆的"治生之道",创造了最大化的经济利益。

(六)为什么说"议罪令"是压垮乾隆的一根稻草?

史学界有人将其与康熙、雍正并列,共同创建了大清的太平盛世;也有史学家贬其为败家子。

乾隆重农务本,开垦屯田,开放矿政,活跃商贾,平定边疆,延续康、雍盛世,确实有所建树。但盛世潜伏的危机以及治政失当导致盛世黯淡失色。

历史见证了乾隆晚年促使大清盛衰的转折,也留下了镜鉴的教训。

教训一,以勤政取代廉政。乾隆治国的重心由廉政转向勤政,发展经济社会,并不算错。但让廉政变成一种唱高调的形

式和招牌,便走了偏锋。

乾隆对各级官吏的宽严标准定得很清楚。“尽职者宽,渎职者严。”所谓尽职,是“以民生为己身”。这不包括官德、清廉、道德自律的底线。乾隆眼里,大官、小官,凡能干事的就是好官。历史证明,未必都是好官。

教训二,宠臣现象。宠臣现象是皇权的衍生品,封建帝王选拔重臣,首要前提是忠君;而乾隆好大喜功,重臣还须能揣摩圣意,竭尽献媚之力。

乾隆将和珅视为心腹而放纵,怂恿。宠臣借助皇权结党营私,凌驾朝纲法纪,将权力异化为资本,权力寻租,从根本上动摇了大清根基。

压垮乾隆的最后一根稻草,就是和珅设计的“议罪罚银”法,简称“议罪令”。

这场荒唐闹剧事出于乾隆筹办七十大寿,乾隆令和珅清点国库,筹措费用。和珅授意亲信户部侍郎做假账。呈报库银仅剩一亿二千万两。虚账惹得乾隆不满,和珅顺势布局,称:朝廷上下各级臣工都有贪污嫌疑。可以设立一项“议罪罚银”法,让大小贪官按职位高低、俸禄多少、官职肥缺确定罚银。既可警戒臣工,又可充实国库。具体由和珅任实职的户部执行。说白了,由和珅一人说了算。

乾隆晚年昏庸,竟任其滥用皇帝的信誉。于是大小官吏按和珅的规定交款,又凭借权力搜刮在脂民膏。

所谓堤内损失,堤外补。“议罪令”在全国掀起了搜刮百姓的风暴。和珅炮制的“议罪令”终于成了压垮乾隆和大清盛世的一根稻草。

(七)道光节衣缩食是作秀吗?

道光,可以说是中国历史上最节俭的皇帝之一。

嘉庆帝做过这样的评价:旻宁(道光)质朴,不奢华,此说较中肯。

道光节俭除了性格如此,也与其从小接受的教育颇有关系。嘉庆立二皇子旻宁为皇储,即告诫其为人、为君均应节俭为本性;读经书,以继承先祖以藏锋芒、崇淳朴、养勤俭的遗训为本命。

道光登基后便身体力行,以明其志。定下三条新君首办的国事。其中一条便是禁浮华,崇尚节俭,严戒奢侈。

大清的《起居注》中有记录:道光穿着打补丁的裤子上朝;皇后过生日,请内宫侍从吃打卤面。这是历朝清帝绝无仅有的纪录,可见道先在节俭上是言行一致的。

按内务府惯例,帝王、皇后,嫔妃用膳十分讲究。嫔妃每餐供菜八碗,皇后十六碗,皇帝八十八碗。每餐至少三四千两白银。道光做了新规定，一年伙食费不超过白银二十万两。如此定额只有四菜一汤了。

若说，这是道光的性格如此，或是遵循祖训，以节俭为本性，都不为过。然而，作为帝王的节俭生活一旦下谕旨列入规制，其意义便非同一般。其一衣一食、一言一行包含着治国理政的信息。

道光上朝穿打补丁裤子。若在内宫行走不足为奇，但在庄严肃修的金銮殿议政，便有了政治暗示之意。道光分明要众臣工举一反三，效仿君主自觉遵守，树立倡俭祛奢的新风尚。文武百官对之无一不感叹，但都无动于衷。唯有军机大臣曹振镛响应，穿上补丁官服上朝，还扬扬得意到处显摆。

行事不达，道光穿补丁裤子上朝议政，成了笑谈，其严肃的节俭举止成了滑稽的政治秀。

再说道光的膳食，这绝非寻常百姓家。道光改变了皇族膳食的定制，表达更改内廷奢华之风的意志，也是向朝廷百官诏示要将“节俭”的旨意落到实处，应从节衣缩食做起，道光此举有着强烈的政治取向。

然而，道光的倡俭节奢并没遏止官场奢靡之风，更谈不上道德重建。

《清史纪事本书》有这样记载：

大名知府王履泰、河南押运周知法有恒记在嘉庆帝的国丧日狎妓纵酒，寻欢作乐；

盛京将军、副都统经常招戏班、唱堂会；

山东省城济南府，从府、州、县官吏到幕友，家丁包娼成风；

官吏的衣着饮食无不穷奢极欲，酒宴、嫖妓之资出自公费开支。

大清官场弥漫奢靡之风，固然是官僚制度腐败，但道德沦丧亦是深层次的原因。道光节衣缩食的倡俭，根本无助于对道德沉沦的整饬。

道光将节俭祛奢列为登基发布的一项重大国策，便成了一场政治秀。

（八）慈禧对同治、光绪为何不一视同仁？

同治是慈禧的亲儿子，光绪只是养子。若从血缘上解读，资料不多，意义不大。

但置于大清危机与变局的语境中考查，对观察大请历史可以提供一个新的视角。

同治登基时仅 5 岁。在慈禧眼里，名义上的皇帝只是过家家的玩具而已。同治朝中兴自救，慈禧靠的是奕䜣、文祥以及曾国藩、左宗棠、李鸿章等封疆大吏。同治帝唯一能做的，是按慈禧的旨意盖章。

名义上的“同治”“垂帘听政”，实质的“独治”“垂帘主政”。慈禧剥夺了同治议政、施政的权力。同治帝只是一具被牵着线的木偶。温情脉脉的母子关系被政治权力异化成冰冷的人身依附。

同治的纠结、愤恨、宣泄，动摇不了垂帘独断的铁幕。同治帝最终选择不问政事、自我毁灭，以示抗争。名义上的“亲政”不足二年，短命不过19岁。

慈禧对光绪的管束、控制远松于同治。这是因为大清的政治生态发生了变化。

慈禧策动辛酉政变，以“同治”名义“垂帘听政”，引起朝野的强烈反弹。吏部主事吴可读当着慈禧的面死谏，在朝廷掀起轩然大波。重臣徐桐、翁同龢等纷纷上书站队，君臣博弈与日俱增。

其次，开办洋务以来，报禁已开，外国人办报经常评论清政府。如《申报》《字林西报》，有的报纸直言吹捧光绪年轻有为。如《字林西报》报道：“光绪皇帝从小就被育于深宫，被故意与外界隔绝。现下竟然表现出他自己是一个有智慧的人，合适的统治者。”

语中含刺，挑战慈禧，再加上维新人士康有为、梁启超活跃在舆论界。内外逼宫，面对如是氛围，慈待不得不后退三步，下懿旨作书面保证：第一，待嗣皇帝学业有成，即行归政；第二，垂帘一切事宜，均与相关大臣商议；第三，广开言路，鼓励臣工直言治政得失。

多方面的压力，迫使慈禧在国事政务上放松对光绪的操控。光绪的治国政务有了一定空间，以确实发挥了应有的作用。在晚清史中，有几件大事直接推进了大清的朝政改革。

一是开放民间集资，驱动铁路新政。

光绪朝改革新政颇多，但与保守派博弈，大多是无果而终，能善始善终，且收效显著的甚少，兴办铁路可算是一件。

筑铁路是大清实现强国梦的必由之路。

光绪十五年，慈禧归政光绪帝。光绪亲政后亲自督办。

修订铁路规划，制定官督商办、民间资本介入、借贷吸纳外资、引进技术等新政策，均是亲力亲为，开始了长达近20年的光绪朝路政。

铁路带动了冶金、采矿实业，以铁路为核心的配套制造业初具规模，尤其是按产业规律及公司独立经营运作，成为晚清中国步入市场轨道的典范，中国的近代工业化由此开端。

二是发行昭信股票。

以时下金融概念看，光绪的"昭信股票"实际上是以皇帝信誉做担保的政府债券。这是晚清在金融领域里推行改革的一次尝试。光绪决定发行股票，尚未上升到金融改革的认知，初衷是应急国库空虚之策。其意义深远的，是配套制定的《昭信股票详细章程》及相应措施，是一次极具现代意义的实践。

三是兴办新学。

晚清发起一场自上而下的教育变革，横跨同治、光绪两朝，是晚清史的一大亮点。

同治朝兴办京师同文馆起步，初始新政是由开办洋务所触发的，完全是应时而生。真正意义上的新政是光绪朝开办京师大学堂(北京大学前身)，推动全国兴办新学堂，改造私塾、书院，变革办学宗旨，建立新学体系，从真正意义上进入教育变革。晚清政府建新学堂已成为社会各界的共识，进而积聚成一种国家意志。这是大清以来从未出现过的新气象

光绪一系列将新政运作，折射了光绪与慈禧的微妙关系。政治生态的改良与保守维系了这对义母子。

慈禧为维持这一暂时的平衡画了一条红线：“遂谕帝但无违祖制，可自酌。帝稍稍得自行其志，左右伺隙，即上诉而变作矣。”

慈禧说得明白，只要不违反祖先定制(包括其本人的规矩)，可自行酌定办事，但必须小心谨慎不能大尺度(即稍稍之意)，动作不可太大。若有大事须上诉后再变通。

义母子关系的突变和破裂，是光绪在康有为、梁启超推动下由经济、教育变革走向政治改革。

光绪发诏令通告全国，着手对旧制内阁及官僚机构动手

术，撤销近十个部衙，按西方模式先后设立学部、法部、农工商部、民政部等，从政权上动摇了慈禧的根基。

慈禧终于出手，策动戊戌政变，结束晚清新政，暴力镇压维新人士，回归旧制，封闭了一度思想开放的大门。

慈禧与光绪失去政治平衡而变成敌对双方，欲置对方于死地而后快。

至于光绪是否被慈禧毒死，无从查考，也不主要。要说的是，变革失败，大清将在重重危机中崩溃。

光绪之死，预示着大清将亡。

(九)为何许多人把曾国藩说成圣人?

曾国藩是晚清重臣。李鸿章、左宗棠是他一手扶植成才，故而在晚清官场颇有影响力。

曾国藩是镇压太平天国的刽子手，这是历史的事实，但不是一生的历史定论。

评价历史人物，应该放在历史语境中考量。

曾国藩置身咸丰、同治两朝。正值乱世，政务废弛，吏治腐败，各地起义不断，西方列强觊觎中华，丧权辱国条约屡签不止。面临重重危机，需要有一股稳定时局的力量，制止危机的蔓延和恶化。

在封建社会，这种力量大多来自精英人士。以其人格魅力、修养及政治影响力成为稳定、凝聚不同社会群体的精神支撑。

晚清咸丰、同治、光绪三朝，能崭露头角的精英、能臣不少，如曾国藩、左宗棠、李鸿章、沈葆桢、张之洞、盛宣怀等。但清廷上下，不约而同选择了曾国藩，奉之为“圣人”。其处世、谋略，修身被认为是能臣的楷模，这便值得现代人的思考。

曾国藩走上政治舞台，始于咸丰二年办团练，建湘军。两宋之后，湖南已成为理学之乡。儒家思想成为湖湘士大夫的基本信念和道德操守。曾国藩备受儒家理学的熏陶，其价值理念和品行修为符合晚清社会救赎的诉求。

曾国藩内省修为的一生追求是言必信，行必果。训练乡勇，组建湘军，何论大诉小事，曾国藩事必躬亲，自行督办。人际交往以信任与合作为原则；对乡勇将士始终贯注一种信念、一种意志；以忠义血性陶冶情操，以生于忧患死于安乐为训诫，谋国之忠，不图权术，不纵骄。当晚清处于崩溃边缘之际，社会正需要这种理念铸就的人格力量。

曾国藩在日记中有记载：“担当大事，全靠明强二字。”如何“明强”？曾国藩总结两条：一是能战胜自我者谓强，二是在自我修为中求强。这是启迪人们，无论身处危机逆境，还是在变革中屡逢冲突，都应通过内心修为和自省，逐步达到大智若愚的境界。

曾国藩的处世哲学是“去伪崇拙”，也就是笨拙、真诚取代投机取巧。这是一种修养，也是为人之道。

在官场行事则取另一番处世之道，较多是明哲保身。曾国藩概括四个字：“守拙用浑”。其多次直言，浑则无往不利。大凡与人纷争，不可自求万全；辨人是非，不可武断。

说具体些，在趋炎附势的官场中装傻；在派系斗争的政治漩涡中拒是非，息纷争；权衡利弊，谋利于淡定之中；养德平和，少发牢骚等。曾国藩凭这些谋略，在晚清官场里行走；在声威鼎盛之际，急流勇退。

从以上一些史事，曾国藩的一生体现了这样的形象：忠于君，志于国；严守政治秩序；善于谋事、精于办事，不居功擅权；遵循礼义，以内省修为凝集社会；务实不浮夸的操守。如此能臣；自然能在晚清面临重重危机中演化成一种稳定社会的政治和道德力量。

历史的镜鉴可以从中得到一些启示。读历史，以史为鉴，以史鉴人的价值也在于此。

（十）为何特别看重左宗棠办船政局？

左宗棠是晚清战功显赫之将帅。其军事谋略、率军的指挥能力均是超一等人才。尤其是抬棺恢复新疆便是威震中华的一章。

若将这些政绩置放在晚清危机重重、中兴自救的语境里考量,不过是收复失地、扩大版图的一隅而已,未必能化解晚请的政局危机,改革腐朽的国家机器。

然而,左宗棠作为具有政治远见、心怀振兴中华大格局的精英,精心谋划创办船政制造局,加强海防水师,制定强军蓝图,成为中兴自救的重臣,便显得无此君不成书了。

左宗棠在呈报创建船政局的奏析,以及亲自拟定的《船政事宜十条》《艺局章程》中,详尽叙述了他的船政思想:强国应先强军,强军必建海军;造船不限于制造铁甲海船,重在国家海防安全;近代海军基地及人才培养;同步布局军民两用的舰船制造业,谋划中外国际贸易的蓝图;等等。

左宗棠的船政灌注着国家意识和民族责任的担当。既有战略性思考和规划,又有技术层面的细节设计和安排。这些才能是其他重臣无出其右的。

将左宗棠列入晚清变革的先行者,是不为过的。

(十一)能否对大清历朝帝王做一简单评价?

一孔之见,求证清史专家。

康熙：

倾一生诚和善治。取信于民，诚为正道；和而不同，和谐社会。

危机中创盛世，彰显治国理政的定力和谋略。

康熙治乱，大智慧也。

雍正：

力挽狂澜，稳定大局，继往开来，赓续盛世。党同伐异，重于谋略，善于造势。

雍正铁腕，功过七三分

乾隆：

君临天下的外表，诗人的潇洒，好大喜功的冲动，长袖善舞的自我陶醉，刚愎自用的固执。

受惑宠臣，尝够自酿的苦酒。

盛亦乾隆，衰亦乾隆。

嘉庆：

勤政图治贯以底线思维，处事周密、执着政治志向。

鲜少合纵连横的谋略，颇多固执己见的剑走偏锋。

嘉庆欠显政治智慧。

道光：

熟读经史国策，谦和俭朴，带着神童先环承继大业。

墨守成规且志高才疏，勤政一生却花落无果。

道光鉴政，唯有道德文章。

咸丰：

无力守业，无能创业。内忧外患却攘外先安内，社稷将崩却不爱江山爱美人。

咸丰，政坛的匆匆过客。

同治：

登基如同演戏，任人摆布；两宫同治，在位不谋政，帝王成影子。

同治，空心化的皇二代。

光绪：

大清存亡危机催生百日维新。

久居深宫的隔绝，毋违祖制的犹豫和懦弱，终究深陷屈辱的宿命。

光绪，败于贵族利益集团。

（2023—8—3）

康熙的清官标准

康熙二十三年，康熙亲自撰写清官于成龙的碑文，将廉政的清官标准规范化、系统化了。

碑文云："朕读《周官》六计弊吏，曰：廉善、廉敬、廉正、廉洁、廉辨、廉能，吏道惟廉重哉。朕用是审观臣僚，有真能廉者，则委以重寄，赐以殊恩，所以示人臣之标准也。"若用现代语言解读碑文：我读《周官》用六个标准裁断官吏：廉洁奉公，才能干练，人品受人敬重，一身正气，遵守法纪，明辨是非。这是一个廉吏必须遵守的道德操守和必须具备的素养。我用这个标准观察、衡量每个官吏，够得上廉吏六个标准的，将委以重任，给予特殊褒奖。这也是要公之于众的为官标准。

康熙将清廉标准定为吏治的廉政条律，以碑文形式公之于众，形成朝野的舆论监督，可谓用心良苦。

（2023－11－07，15：14）

康熙选拔官员

康熙十八年、二十年，康熙多次下谕内阁六部、各省督抚，从公保荐、选拔基层官员（府，县），充实省、府官衙，将此作为考察高层官员的一大政事。

康熙谕示：选拔对象必须是“廉能从善”者。廉，是指道德操守；能，则是执政能力；从善，则是为政守正，“洁己爱民”，坚守以民为本。为此，康熙专门召见内阁六卿谈话。康熙说：“为官之人，不取非义之财，一心为国效之，即为好官。或操守虽清，不能办事，无论谕肯批驳或部驳之事，积年累月，概不完结，似此清官，亦何裨于国事乎？”

显而易见，康熙要求官员不仅是操守清廉，更须善政，切戒官僚乱作为，或是昏昏然不作为。否则，当官也是徒有虚名，或是沽名钓誉，“殊沾官方”，有损于政府形象。

（2023—11—08，05：32）

雍正肃贪

雍正上位，第一把火就是反贪整肃官场。雍正宣布：新朝治国之道是“除弊方能立政”。所谓“弊”，是指官场顽疾，贪污纳贿，官吏腐败。除弊在先，常规新政滞后出台。肃贪是首要的。

雍正的决策并非毫无根因或心血来潮，实是康熙王朝晚期税收短缺，国库空虚。自督抚、各道府到县衙小吏，无官不贪，腐败成风。更为严重的是，“下情隔绝而不通，功过不分，劝惩无成”。官场腐败殃及社会底层，败坏民风，连兵丁、走卒也利用关卡雁过拔毛，激起民怨民愤。

官场积弊，贪污纳贿已动摇大清国根基，涣散天下百姓之心，由此引爆自上而下的反贪清算。雍正下谕宣布，自元年至四年，倾全国之力全面开展清查亏空，治理官吏腐败。所谓清查除弊，用今人之话解读，即审计反贪。

雍正除弊不是干打雷、不下雨，而是施之重典和铁腕：建立由内阁大臣、异地省、府主管、内阁各部公务员组成钦派清查队伍;先试点查鱼米之乡江苏省,后在全国推广。全面审查,重点查省、府、州、县,尤其是负责官员列为清查对象。对执迷惘悟者,不行自首或自首不实者,将按律科断,严惩不贷。从严治罪,不容以罚代罪。对窝案主犯(如地方大员山西巡抚苏可济、湖北布政使张圣弼)、巨蠹(如皇帝近臣内务府李朝伙等人)处以斩首以示警诫。徇情包庇者(如户部尚书孙渣齐)革职查办,历任户部尚书连坐以家财罚补亏空。

雍正除弊四年,先后查案 383 件,单江苏省查出贪官上千人,肃贪成效显著。除弊结束后,国库储银由 800 万两骤增到 5 000 万两。史学界称言:“雍正一朝无官不清。”虽说过誉,但雍正除弊稳定了大清江山,平息了民愤。

(2023—11—09,08:58)

雍正的政制改革

雍正在位 13 年，治国理政有声有色。执政之初，整肃官场，铁腕治腐反贪，赢得史学界的好评。

除此之外，雍正的政制改革也是可圈可点。雍正的政制改革有着一系列机制上的以新替旧。诸如，设会考府（相当于现在的审计署），查考户部行政管理积弊，建立新的财政秩序；整顿内阁，分散事权，禁止内阁一官兼署数司之职；扩大官员异地任职范围（县以上官员），防止地方势力尾大不掉滋生的隐患；禁止家丁（即现在的秘书之类）代政，强化依法事权意识。

雍正的政制变革旨在建章立制，完善行政制度。但更为引人注目的，是涉及全局的政制变革，即建立军机处。这是一个颠覆旧政务制度的重大变革。

雍正规定，军机处的职责是，每日晋见皇帝，商议处理军政要务，以面奉谕旨的名义对内阁各衙、各地督抚发布指令。“总揽军国大计，承旨出政”的定位确认了军机处是最高事权的议事机构。军机处与内阁司职是：前者不涉及具体执事；后者无军政谋划之职。这在体制上建立了行政事权分散及相互制衡的机制,从制度上遏止了行政权力垄断的弊政。

雍正善讲政治,缓解了康熙王朝晚期的政治危机,力挽狂澜,稳定了大局。

(2023—09—03,09:16)

乾隆的文化自信

“乱世用重典，盛世集典造园。”这是中国先哲贤达治国安邦的智慧。

盛世集典，是文治。依赖文化传统的传承，以及能体现中华民族智慧的文化工程，调节社会心态，规范行为操守，达到凝集民众、和谐社会的目的。康熙便是清代集典的开创者、实践者。在位时，耗时八年编纂中华文化史上的里程碑式巨著《古今图书集成》（乾隆事后评说：书城巨观，人间罕见）。将汉学经典《资治通鉴》等译成满、蒙文，供满蒙官员借鉴学习，付之安邦兴国的政务实践。

造园，则是展示华夏物质文明的智慧，用园林无声的建筑让国人感受华夏艺术之美，在审美中表达一个民族的文化自信。由乾隆亲自主导的“圆明园”造园，则是中国乃至世界独一无二的。乾隆亲笔撰写的《圆明园后记》中说：“（圆明园）规模之宏敞，丘壑之幽深，风土草木之清佳，高楼邃室之具备，亦可称观止。实天宝地灵之区，帝王豫游之地，无以愈之。”

乾隆将圆明园的建筑及造园艺术称为“今古观止”的绝唱，绝非妄言。特别值得一提的是，圆明园的变迁充分表达了乾隆对华夏文化传统及审美创造的自信。

圆明园始建于康熙四十八年，是一座占地六百余亩的皇家花园，原名为畅春园。康熙将该园赐予四皇子胤禛（即雍正），并改名圆明园。康熙改名的喻义甚深：“圆而入神，君子之时中也。明而普照，达观之睿智也。”其寓意是暗示四子要成为应顺天道、遵循明德、贤明睿智、通达事理的贤者。康熙意借园名化解众皇子争夺皇储的政治危机。圆明园起始便被寄寓着特殊的政治含义。

雍正上位，将圆明园修园扩建，占地三千亩。雍正修园旨在将其改造成准宫廷。“构殿于园”“御以听政”，是皇帝居住、听政，诸臣办事的权力中心。圆明园被抹上厚重的政治色彩。

乾隆朝，圆明园第二次扩建。乾隆修园扩建成畅春园，圆明园、静明园、静宜园、清漪园的连片建筑群面积达五千亩。罗列国内外名胜四十余景。园内相对独立的建筑群达145处，利用长廊、墙垣、小桥等自然景物构成层次叠加、分明的整体景观。各建筑小群兼具中外古典风格。如此集园林艺术之大成，为中外世人所惊叹。

圆明园的规模之大、耗资之巨，也是空前的，无疑是盛世的象征。乾隆造园之大手笔，凸显了一种对中华文明的崇敬，对华夏文化艺术的灼热情感。这种追求的自觉，便铸就了乾隆诚其可贵的文化自信。乾隆盛世造园所凝聚的文化影响力，正是一个大国形象所必需的。一个大国的盛世，不仅限于经济发展、国泰民安、社会和谐，还需要对中华民族文化传统、艺术创造的智慧的认知、理解和自觉发扬光大；需要对多元文化和谐共处的容忍。

康熙做到了，乾隆也做到了。

（2023—11—10，08：14）

和珅是怎么发迹的

和珅是清朝第一大贪官、第一宠臣。他是怎么发迹的?

民间有个传说:乾隆年轻时与雍正帝的嫔妃相好。败露后,嫔妃自缢而死。和珅与嫔妃相貌酷似,乾隆睹人思情,移情和珅给予提拔。这自然是鸳鸯蝴蝶派小说的戏说。和珅得宠有出生的背景、心机运作,也有乾隆晚年的心理病症,三者交集促成了这对政治上的拍档。

和珅系满族钮祜禄氏,是八旗中上三旗的正红旗人。祖辈因军功而授官爵,可谓根正苗红。后家境破落,凭借精通满汉语言及俊俏相貌,得到文学名士袁枚的推荐成为协办大学士冯英廉的孙女婿。后凭借这一身份进宫补了先祖功爵,充当宫中侍卫。

侍卫的特殊性,给和珅提供了观察乾隆秉性、揣摩其内心、投其所好的机会。乾隆三十九年,乾隆因木兰秋狝狩猎而检阅侍卫时,对和珅有了初步印象。和珅却发现了乾隆的异常心态,狝猎时特别亢奋。金甲戎装,骑马驰骋,诸皇子、王公大臣、禁军卫队随驾。此刻再现纵横天下的快感。这种虚渺的亢奋已成为晚年乾隆的一种精神支撑。和珅所做的，是将虚幻的亢奋定格，既献媚却不俗、不言。和珅精心设计了一个局，物色一名江湖艺人画了一幅丹青《射鹿图》，进呈乾隆。画面的图景是：乾隆身穿金铠甲，骑高头大马，弓弦满月，左下边仅露八旗卫队的脚部，茫茫草原一只小鹿四面顾盼。特别布局的是，乾隆仅四十岁模样，英姿勃发，一副君临天下的气概。乾隆见而拍案击掌，称之是极品。说极，并非艺术之完臻，而是乾隆君临天下的精气神被定格了。

和珅献媚不露痕迹，由此得到丰厚回报。先是由主御前侍卫晋升正蓝旗副都统，入籍正黄旗。三个月后，授户部右侍郎(副部级)，二品顶戴。再两个月，破格任军机大臣。第四年，升为御前大臣，实授户部尚书。再过三年，加封太子太保，文渊阁大学士，军机大臣。仅仅数年，一个不起眼的小侍卫成为乾隆朝第一权臣。乾隆对之言听计从，并允诺结皇女姻亲。和珅的飞黄腾达构成了别具一格的宠臣现象。英国访华使团的副使斯当在回忆录中作过深刻描述：他是皇帝唯一信任的人，掌握着统治全国的实权。这位中堂大人统率百僚，管理庶务，许多中国人私下称之为“二皇帝”。

和珅擅权后疯狂敛财，收括民脂民膏。日后嘉庆抄家，和珅的家财总值白银二亿六千万两，仅从地窖内就抄出黄金三万三千两、白银二百万两、古玩字画不计其数。其财产远远超过雍正朝的国库。乾隆朝晚期由盛而衰，和珅起了推波助澜作用。和珅揣摩圣意、投机钻营、结党营私、谋权敛财，构成了中国式腐败的和珅现象。

（2023—09—04，09：52）

嘉庆四禁

性格决定命运,这是一个大概率。平民百姓如此,帝王将相亦然。嘉庆的性格影响对治国理政之道的选择,算不得出格。嘉庆秉性忠厚,不擅长政治,少有合纵连横的谋略,注重个人品德修为,恪守封建道德规范,选择勤政修为的吏治之道是意料之中的。其实,嘉庆的选择还有必然的原因:雍正整饬吏治,以铁腕整肃除弊,而嘉庆既无实力,也无此魄力。对其而言,整饬重在道德修为,也是无奈之举。新君上位之初,整饬官场是历朝的传统。嘉庆便以禁"四风"破题了。

1. 禁铺张奢靡之风

清代官场十分讲究官仪排场。凡大员外出,随从的寡众按官职大小而定,少则数十人,多则百余人,车马辐辏,前呼后拥。下属官员须按官职等级规礼接待,精心安置下榻公馆、送迎酒宴。地方衙门的支出大半消费在接待公支上。铺张奢靡风气习以为常。

2.禁古玩宝物呈贡之风

乾隆后期,京城官场盛行古玩字画呈进之风,以古玩纳结权贵,勾连人脉。呈贡之风蔓延至地方,成为官场交际的潜规则。古玩字画常常成为高官衙门行贿、索贿的重要筹码。

3.禁设戏园,高官养戏班之风

官吏懈怠政务,沉湎于声色犬马,被当作太平盛世的景观。京官迷恋戏园以捧戏子为乐,高官则在署衙内自养戏班,奢靡浪费,地方官吏借口年节,雇觅戏班,寻欢作乐。

4.禁疲怠玩忽之风

疲怠玩忽已成官场之顽疾。懈怠、麻木不只是伦理的缺失,更是一种消极腐败。清朝常见各奏报被扣压,拖延成习。每逢节庆,文武大小衙门自作主张,休政玩忽渎职。

乾隆晚期,政治生态已发生逆转。和珅擅政,贪污勒索,结党营私,官德沉沦,官风败坏。

嘉庆四年执政,虽然扳倒和珅,但政治生态恶化,积弊甚深。嘉庆四禁虽接地气,却是书生气。官场四风仅是表象,腐败痼疾已扰乱大清秩序,而前朝政策失误遗留的弊端更是固化了被腐化的官场。温良恭瑾让的整风,未触及根本。嘉庆反腐缺乏政治视野的大格局,其结果是表面上的一阵热闹。

(2023—11—11,08:50)

光绪教改之痛

晚清的教育改革，始于咸丰年间兴办京师同文馆。到光绪建立京师大学堂（北京大学前身），则将教改推向高潮，前后经历三个朝代，三十六年。正当同文馆与大学堂合并之际，光绪策动的戊戌变法失败，慈禧重归训政，教育改革夭折，重新回到原点。馆、堂合并成了教改的终结。

光绪教改新政是：建新学堂，办新学。光绪将办新学作为国家意志，倾全国之力实施新政：(1)推广新式学堂；(2)筹划专项教育经费；(3)招聘外籍教员；(4)改制各级（省、州、府、县）旧式书院，兼习中西学。光绪教改可谓规模甚巨、声势浩大。然而变法失败，教改旋即终止，成了光绪挥之不去的痛。

若细读这段历史，评其功过，拟可得出一个结论：没有慈禧归政，光绪的教改也难以为继。其教训可作为当下教改的史鉴：

其一，主持教改、教务的官员不专职、不专业。

光绪推行近代新式教育专设了学务大臣。但多任大臣均为兼职。创办京师大学堂的倡议，并非管教育的礼部，而是刑部侍郎李端棻。后由康有为背书力争，光绪特批。康、李均非教育行家。京师大学堂成立，光绪指定军机大臣孙家鼐首任主管，各部阁主管挂衔司职。虽然官职甚高，却是对教改的一群无知。

其二，对新学精神认知的蒙昧。

教育新政仅仅停留在“教育之先进，纯培育经世济民之英才”的抽象概念上。旧书院有着近千年的历史渊源和系统的文化精神，学而优则仕，应试教育成为中国旧教育的基本形态。教育新政对文化追求十分朦胧。所谓“新学”，就是“以中学为主，西学为辅”“不能以西学凌驾中学之上”。说白了，仍是恪守应试教育的旧传统。

其三，官本位的行政管理体制。

晚清新学堂的体制是行政权力本位。这与学术独立性的教学规制相悖，代之以官府包办，按官职高低管理不同等级的学堂。于是，新学堂成了又一处官场以及由利益博弈的名利场。

其四，盲自扩张。

清政府采取行政命令搞运动式的盲目扩张。形式主义的一个恶果，即师资匮乏，教育质量下降。

若作一个简单总结，光绪教改的夭折，其要害是，未能触及迎合科举的应试教育制度、官本位的行政管理体制、马拉松式的变革,无效率可言。

细读这段历史,对现下教育改革存在的弊端,不失为一面镜子。

(2024—01—28,16:29)

诗文品

第二代人文学者

跨千年之际，笔者策划、主编了一套论丛——《三联评论》。先后出版22种，有15种上了《中华读书报》《中国图书商报》的热书榜。

取名《三联评论》，是延续生活·读书·新知三联书店的出版理念和传统。前任陈昕先生（后任世纪出版集团总裁）曾策划、主持“经济学术系列”，列入的作者有林毅夫、樊钢、胡汝铭、潘振民、史晋川、王新奎等，他们均为著名学者、中国智库人物。媒体以“三联经济学派”的美称表示赞赏。

《三联评论》将命题广伸到人文学科的各个专业领域，特别是跨学科、跨文化的比较研究。王元化先生曾对知识界、教育界“注重理工科，重实用，而轻文史哲”表示担忧，后者正是中国学术文化的重要构成。为此，论丛的任务是将中青年学人的成果推向学界和社会大众。学术的本质意义，是科学，是知识。笔者将论丛定位于追求学术的原创性和多样化，鼓励有思想的学术、有学术价值的知识。但前提是不违背主流意识形态所规范的秩序。

20 世纪 80 年代以来，学界盛行空疏、矫情之风，故而论丛在文本上限定 8 万至 10 万字，这是提倡作者将某一命题的研究成果熬成一书。

生活·读书·新知三联书店的创始人邹韬奋先生提倡“文化的继承和时代创新”。继承、创新便是论丛所传承的三联传统。

如今已过去二十多年，当年意气风发的作者已是两鬓花白，最小的已过花甲之年，年长些更是古稀了。但他们的学术研究却是朝气勃勃，思维敏锐。现在，他们都是高校、研究院所的著名学者、教授、博导。若将这群人文学者称为改革开放时期的第二代学人，不为过吧。

附部分作者名单：

刘小枫、马勇、张志扬、朱国华、张光芒、刘士林、郜元宝、邓正来、洪晓楠、丁晓原、陆扬、陈富良。

（2024—03—15，04:54）

百家讲坛热

跨千年的第二年，中央电视台开播“百家讲坛”，通俗讲解中国的文化和历史。

开播以来，制造了一批大众学术明星。易中天的《品三国》、王立群的《读史记》、于丹的《论语心得》走红了图书市场，也诱发了出版人对普及中国传统文化经典的热情和想象空间。以“国学”为品牌的普及著作成为大众读者追逐的读本。“百家讲坛”直接诱导了“国学热。”这一文化现象经电视台、新媒体的辐射，国学文化知识传递的持久性远远超过“80后”的青春文学和时尚文化。其文化影响力丝毫不逊于“文革”后书荒的阅读复苏。

“百家讲坛”导引的国学热，在新世纪成为阅读的聚焦点。这便意味着传承中国文化的自觉，也是对20世纪80年代以来，知识界渲染西方文化思想为人们精神支撑的一个反拨。

“百家讲坛”传递了一个强烈的信号：在新媒体时代，中园优秀的传统文化，尤其是文化经典，同样是人们迫切需要的思想资源。

现下,因改革引发利益调整后深层次矛盾以及人际关系的异变,这便需要社会和谐,重构善美的社会生态,而张扬“和合”的伦理观与“中和”的传统文化思维将成为一种规范自我行为的精神基础。这便需要由浅入深、由点到面,逐次渐进对社会大众进行知识普及。

从这个命题去思考,“百家讲坛”的使命仍未结束。

(2024—03—17,09:22)

奥斯卡金像奖

奥斯卡2024年颁奖,《奥本海默》获7项金像奖。这让笔者想起三十多年前的一段往事。当年,北岳文艺出版社的老总来沪,托笔者编一套别致些的书,正巧奥斯卡奖颁布消息传来,便脱口而出,不如编套奥斯卡小说的书。于是《奥斯卡金像小说丛书》(1994年出版)就此敲定。在编选书目过程中,笔者对奥斯卡金像奖颇有感悟和心得。

奥斯卡金像奖是悬挂在电影艺术宫殿上的一尊皇冠。它的真正价值,是对特定历史、时代文化与人类意识、文明的追踪和揭示。自1927年,美国电影与科学学院创建奥斯卡金像奖以来,有识之士始终倡导严肃的社会主题,不以色情、颓废、庸俗、猎奇为招揽之术,力求从各个层面、各个角度去探索社会与人生的底蕴。无论是爱情片、伦理片,还是战争片,这些熟视的题材都是从各自的视角,透视人性的善恶、社会的正义,记录历史的足迹与时代的进步。

鉴于文化交流的条件局限,获奖影片并非让每个人都有机会观赏,《奥斯卡金像小说丛书》似乎可以弥补这个缺憾。所不同的是,只是文学语言取代了银幕形象。虽说,影片编导有独到的审美创造,但影片的主题和社会价值基本是与原著一致的。读者可借助“丛书”的阅读,也能加深对奥斯卡获奖影片及其艺术宗旨的认识。当然,丛书不同于英文版的原著,后者大多三四十万字巨著,读者望书兴叹。丛书则是在保留原著风格和情节完整的前提下,去蔓除枝,撷取原著的精粹,缩译成八万至十万字的读本。为方便阅读,特意将装帧开本口袋化。从某种意义上,也算是形式上的大众化。

缩译奥斯卡金像奖小说原著,在 20 世纪 90 年代是一次别开生面的尝试,目的是想蹚出一条大众普及的出版路径。

(2024—03—18,05:03)

学术打假

造假，是腐败之风。殊不知，在社会公共领域文化人群体发起“打假”呐喊的，不在商界而是在学术界。千禧年，著名报人、原《人民日报》总编辑范敬宜先生(范仲淹28代世孙)在报上撰文，呼吁“学术打假”。范老的影响力让中国学术界着实热闹了一阵子。

京、沪两地的教授、博导，纷纷撰文、座谈表态，要求学术机构规范、监督学术活动。经媒体连续报道，引起社会各界的共鸣。于是，“学术打假”走进了公共领域，其声势不亚于“3.15”维权打假。

二十多年过去了，学术造假犹在。只不过换了个玩法。除了个别明目张胆抄袭、剽窃，学德沦丧外，较突出的表现是，学风失范，矫情、浮夸。

——故作姿态，任意编造新名词，把学术创新当作“时尚”，制造学术泡沫。

——为趋炎附势，丢弃学术的严肃性，热衷于肤浅的诠释。

——追逐数量,不负责任的重复,将学术当作制造。

……

现在,学术过度泡沫,缺乏创新已成为共识。滞后于时代及变革,不能即时解惑社会变革出现的深层次问题。若不能彻底消弭媚俗趋利、趋炎附势的伪学术,学术文化是没有希望的。

(2024—03—19,04:52)

两种知识分子

20世纪90年代末，笔者转岗上海生活·读书·新知三联书店出版社，重新回到人文社科的出版岗位。笔者最早在上海人民出版社受思想文化熏陶十余年，但要重拾人文专业仍需时日。为此，花了几个月时间，翻读该社的人文图书，感受一下人文书香。

印象很深的，是知名学者李欧梵的自述《徘徊在现代与传统之间》。细细读完，对李先生在现代与传统文化两极中求索，特别是对两种知识分子的剖析，颇有感触。一种是“狐狸型的人”，一生“不愿做一代大师”，追求的只是贯通中西文化，兼容现代与传统思维，以边缘意识观察、思考社会生态及其变革；另一种是“刺猬型的人”，只想“做大官”“做大事”，思维定式要么传统顽固不化，要么全部西化。做学问流于平庸和虚假。李先生认为，“中国知识分子想做刺猬的人太多了”。

今昔对比，笔者觉得李先生的分析可谓入木三分。那些被民众吐槽或怒批的“专家”“学者”，胡言乱语，或是酷评满天飞，无非是博个哗众取宠的虚名，献媚弄个“做大事的官”，谋私利而已。

其实，知识分子不必以“大学者”自居，当网红，出风头，更不要处处以“政治正确”的高姿态去“启蒙”民众，张扬自我。

对“狐狸型”的知识分子，可以接受迥然各异的文化熏陶，施之中西贯通的文化边缘意识，诠释当今政治经济生态，论经议政，但前提是不要脱离中国的国情、民情。一条底线是：正义、公正。

（2024—03—14，05：42）

流动的美术博物馆

凡是到欧美旅游，必去大都会博物馆、国家艺术馆、现代艺术馆、大英博物馆、卢浮宫博物馆。为的是圆个梦，与世界级绘画大师的传世之作面对面，体验近距离接触的审美愉悦。其实，上海人民美术社出版、张少侠主编的《世界绘画珍藏大系》(20 卷)(以下简称《大系》)可以饱国人的眼福。

《大系》是中国唯一完整汇集世界绘画大师精品的画集。笔者将之戏称为：一座"流动的美术博物馆"(媒体就以此说为报道眼)。《大系》包容了五百多年世界绘画的各个流派和代表作。如，新古典主义，现实主义，印象派，现代派的代表人物：马萨乔、达·芬奇、米开朗琪罗、拉斐尔、马奈、莫奈、德加、雷诺阿、莫罗、凡·高、毕加索等，散见于世界各大博物馆收藏的 3 000 余幅精品。可以说，构成了代表人类文明最高价值的视觉艺术画廊。

另有一篇数十万言的专论，介绍世界美术史上重要流派的风格，绘画大师的生平成就，以及代表作的审美评析。《大系》

可以弥补去海外旅游观赏,因观其然,却不知所以然的缺憾。

《大系》于 1998 年出版,距今已有二十多年。留下的一段难忘记忆则是主编张少侠。少侠有着北方汉子的豪爽,又有南方人的精明。身兼学者与房产商二重角色,游走学问与房产之间。此君原在海南艺术学院任教,仅三十出头便晋升副教授,主授“世界美术史”。20 世纪 80 年代改革开放,辞职下海做房地产。仅几年,身价数亿。90 年代初,转战上海大市场。

经美编室主任老杨介绍,笔者与少侠相识,共商美术出版,一个宏大规划便是《大系》。当时,笔者顾虑重重,单预算便高达 800 万～1 000 万元,且大师画作散见于世界各博物馆,更需取得使用权,又是一个难题。少侠豪爽至极,承诺负责解决。资金不过二套商品房,并亲自出马率编辑组奔波于各博物馆。于是,签下合同,启动资金到位,出版社向新闻出版局申报,列入“九五”国家出版工程,编辑组择日出发。

待画品(制版底片)收齐,少侠则全身心投入写作,重操旧业,执事专论,还一个学者真身。经三年奋战,终成正果。《大系》获得中国图书奖特等奖,少侠圆了学术梦,在商业上也得到可观回报。

《大系》工程终结,以双赢画上句号。

笔者感叹:中国的文化工程,除了文化自信,还需要企业家的无私奉献。

(2024—03—13,10:47)

电影《普里泽的名誉》

大约20世纪八九十年代开始，国产电影往往取材自小说改编。电影与小说具有文化的同质性，都是通过形象创造来描述生活，反映社会，显现作者、导演的审美价值取向。为此，两者有着审美的互补性。

80年代末，根据同名小说改编的美国电影《普里泽的名誉》（荣获58届奥斯卡最佳女配角奖），给笔者留下深刻的印象。故事并不复杂。说的是美国黑手党普里泽家族的执法人查利与职业杀手艾琳的爱情纠葛，并最终成为悲剧，展现了一幅西方现代人受金钱奴役和制约，造成人生价值倾斜和人性扭曲的画面。查利在名利、家族荣誉与爱情的抉择中沉沦了人性。

影片（小说）揭示了资本主义社会金钱主宰及异化人性的真实。电影的视觉形象原汁原味地还原了小说的文学形象。所不同的是，影片的艺术处理呈现了更浓重的审美趣味。试举一例：查利初遇艾琳，一见钟情的镜头叙事是很精彩的。艾琳在教堂中亮相。电影用一组近景扫描参加婚礼的芸芸众生（各色人等的惊讶，赞美、嫉妒等表情的闪动）目光移动，镜头由远及近移动，终于推出一个特写，定格在艾琳俏美的脸上。画面组合给观众一个可感、可视的具体形象。银幕形象创造的电影化，细节呈现必须随着不同的视觉跳跃和延伸得以显示，才使电影具有节奏感。

记得当时笔者在观后说过一句话：银幕效果取决于银幕形象的电影化程度。

（2024—03—12，18：10）

特藏品《三国演义》

股市下跌，拖累了邮市。有位藏友在《今日头条》平台上诉苦：数十万资金购买的邮票都打了水漂。可谓股市"失火"，殃及邮市。这便是"蝴蝶效应"。

藏品成市，必须有其独特的收藏价值和增值预期。除了邮票，连环画本也被列入其中。连环画本成市大约在20世纪八九十年代，连环画从大众读物转向文化收藏。藏品以名家名作为贵，年代越久，其估值越高。有句行话：经典版画本具有一种艺术韵味，是"连迷"酷爱的艺术收藏品。在连环画本中收藏价值奇高的，当属60年版的《三国演义》60本，实至名归。

该画本不仅汇集了沪上名家，画本的每帧画都可称之精心力作，而且画本文字脚本也堪称一绝。数回章节的小说缩成2 000余字的脚本，情节完整，人物介绍得当，叙事脉络清晰，文字干净，足见其编文者的深厚文学功底。

笔者在任上专嘱编辑在原有经典本上开发其附加值，由下属的文化发展公司承接运作。于是，限量宣纸本的《三国演义》

应运而生。

宣纸线装画本共三函十八册。由程十发题签，编号印刷500套。首卷特邀十位名家量身定制，以“经典三国演义题记”命题作工笔线描着墨人物图，且书、画、印合一。例如，徐正本的“桃园豪杰三结义”，王亦秋的“刘皇叔跃马过檀溪”，杨青华的“刘玄德三顾茅庐”等。如今这批名家均已作古，量身定制已成绝唱。

在新作之外，再附加刊印24幅50年代定稿画本造型（未刊）的80余位《三国演义》的人物绣像。这在传统连环画本史上可称一绝。宣纸典藏本《三国演义》上市，其收藏价高达每套4 000元。

从出版经营角度来说，的确是名利双收，但更重要的是经典珍藏本引发了市场文化效应。

（2024—03—10，12：26）

仿真画集

报上有新闻，AI导演了一场凡·高与德彪西的对话。前者，荷兰后印象派画家；后者，法国作曲家、印象主义音乐创始人。艺术跨界的印象主义大师超越时空对话，仍是奇闻。AI能突破时空限制还原形、声、思维，创造新科技的奇迹，其核心理念是运用深度算法“仿真”。

由仿真，想起了在上海人民美术出版社任职时的一件往事。出版社于1995年首创了宣纸仿真精品画集。由画家罗希贤的创意中心开发，运用工艺美术制作工艺，制作限量宣纸仿真珍藏画集。首批产品是朱屺瞻的《梅花草堂集册》、程十发的《程十发花卉集》。在20世纪90年代数字技术尚未开发的情况下，出版社率先用高科技印刷工艺及独特创意策划，真实还原了两位大师的精品画作。仿真画集还原了两位的艺术风格：水墨深浅俗中见古，泼墨潇洒自如，写意敷色淡薄，还原得当，韵带意趣。艺术效果达到乱真的境界。大师目睹仿真画集惊叹不已，连叹“可乱真了”。

市委负责宣传口的领导特地参加首发式，对仿真画集给予高度评价，并推荐为国宾礼品。仿真画册在出版界引起震动，影响远及海外。

自仿真画集之后不到三十年，AI 人工智能的仿真、还原、创造的算法引领了新科技浪潮。新科技将是推动社会进步的发动机，会改变人们对世界的认知，重写历史。

（2024—03—10，08：00）

直面生活

生活,有美好的、平淡的,也有挑战性。生活的甜美和严峻挑战是共生共存的,因此,需要直面,不能回避,也不要粉饰。

作家刘心武的小说《生活赐予的白丁香》就告诉你,应该怎样直面生活。小说创作的灵感来自作者家中一株丁香花:一垛松墙的隙缝里生长着一根嫩枝,枝上举着一串白色花穗的丁香。

白丁香很普通,不显眼,既无色彩又无香味。作者却牵出对生活的思考和遐想。

白丁香"直接从地皮中窜出",由此感悟到它是在奋斗中顽强地生存着。这种生存包含着艰辛和苦难。丁香破土"消耗生命",为的是热爱生活,拥抱生活,在生活中显示自己的存在和生命活力。

人也是如此。人的生命是个体,是自己的,而生活是社会的。生命的意义只有在生活中才能得到延伸。生,不是单单为了活着,是为了懂得生活,学会生活。生活或许会赐予你对未来的憧憬，或许是艰辛的体验、痛苦的失落，或许是奉献后得到的收获……这些是在考验你对生活真谛的认识，对生活的信心和坚守。唯有直面生活，才能坦然应对一切。

笔者很欣赏作者在小说中的一句话："微笑地看待生活。"生活无论是甜美的、平淡的，还是无奈的、严峻的，微笑着面对生活，给自己信心和勇气，就像白丁香那样。

（2024－05－23，18：23）

寻求人生

人生是个永恒的话题，各人对人生的意义有各自的理解。笔者在著名学者周国平先生的《人与永恒》中读到，“寻找生命的意义，所贵者不在意义本身，而在寻求”。这句话颇有哲理，他强调的是参与人生。

确实，人生的价值，是对人生涵义的寻求和实践。寻求人生，首要是认识大写的“人”。周国平先生认为，先要认识人有动物性和神性。前者是为了适应生存，满足欲望，繁衍生命；后者则是对完美、理想、永恒的向往。也就是，人有追逐名利的弱点，也有对完美、脱俗的渴望。

作者的体验，就是“需要站在云雾上俯视一下自己和周围的人们，这样对己对人都不会太苛求”。

这话说得实在，不是祖师爷式的教条。客观审视，正确认识人的本性以及其弱点，是参与人生的一个前提。由此，便可理解追求理想人生的艰难，洞悉趋炎附势的社会世俗，而不悲观、不盲从、不杞人忧天。

笔者认为，寻求人生的精神支撑点也就在这里吧。

（2024—05—22，19：59）

诗代应联——另类书写

《今日头条》编辑开设接对联的话题，邀笔者入伙，盛情难却，权当学习。

习文以来，从未涉足这门艺术。写对联的规矩较多，除咬文嚼字，还得讲究词组句式的结构，对仗工整，尾字的仄起平落。一个未入门者难免会出洋相。于是，讨乖巧入另类旁门，尝试以诗代应联。

写诗，可以将文思连接想象。中国传统诗学有众多审美理念和技巧，如咏物抒情、言志载道、禅思用典、立意入境等。诗联虽相通却有别。诗如写意，联似工笔，入门不易。

自入伙以来，近四十余条接下联，大多如此。不登大雅之堂，毕竟是另类。这篇随笔权当小结。

（2024—05—20，07:31）

诗·对联(30句)

(一)

上联:樱花雨;下联:(请对下联)

下联:塘荷泪。

释:夏晨,池塘荷叶露珠如泪。

显性意象有三:池塘、荷花、露珠。意象组合勾起审美想象,将朦胧的隐性意象定格。

隐性意象为二:夏,晨。微风摇动荷叶,露珠如线泪。审美体验的延伸,给短句添上了诗的韵味。

(2024—05—20,05:25)

(二)

上联:冬去千山秀;下联:(请对下联)

下联:春来万树荫。

释:尝试对联接句之对仗,接句对仗虽工,但意境格局不大,缺乏联想。能体味的诗意仅在一字“荫”,树叶成荫,绿色渐深,乃释仲夏时节。

(2024—05—12,17:30)

(三)

上联:水中观月色;下联:(请对下联)

下联:雾里探花容。

释:上联:意象释自实(水)至虚(月),

下联:意象反而为之,即从虚(雾)到实(花)。

下句借典“雾里看花”。唐代杜甫《小寒食舟中作》一诗有“老年花似雾中看”之句。意思是老年人视力模糊昏花,犹如雾里看物。后人便成一典故“雾里看花”。联句中的“花”(花朵)不是杜诗中的“花”(眼花)

(2024—05—12,07:27)

（四）

上联：吟诗作画题秋月；下联：（请对下联）

下联：操琴拨瑟奏相思。

释：借用二典：其一，琴瑟，采自典故琴瑟和鸣。其二，相思，即相思曲，是古乐府曲名。上句写文人雅士吟诗作画赏秋月之情怀。下句若选歌舞之类与诗画对仗，虽工却破了雅士心静气傲的赏月氛围。现借典琴瑟和鸣，显得更有融洽之情趣。

（2024—05—15，06：39）

（五）

上联：绿竹摇曳风中舞；下联：（请对下联）

下联：黄鹂落枝树上飞。

释：上联：意象完整，富有诗意；下联：一只黄鹂增添一抹色彩，不禁风吹而惊飞。人格化的画面，加浓诗的意境。

（2024—05—11，12：18）

（六）

上联：夏雨滋荷花；下联：（请对下联）

下联：骄阳引蝉鸣。

释：下联：雨后夏日蝉鸣更脆。借夏雨入诗的雨后之境：骄、引、鸣，乃是炎热、催蝉、脆鸣，三个意象，构成立体意境的层次感。

（2024—05—11，10：33）

（七）

上联：五月江南麦已稀；下联：（请对下联）

下联：端午坊市艾正浓。

释：坊市，也称街市，古代称街区市场为坊市。端午节插艾之习俗，能驱邪、辟秽。上联五月是时间。下联端午是双重语境，既是时间农历五月与上联不重复：又是民间的习俗节日，为表达插艾风俗提供空间。

（2024—05—09，05：22）

（八）

上联：静赏荷塘水中月；下联：（请对下联）

下联：醉看花巷嬉锦鲤。

释：花巷，即杭州名胜“花巷观鱼”。上联，水中月是虚像，静景。下联，嬉鱼是实像，动景。但“醉看”便有了似实似虚的审美朦胧。

（2024—05—19，07：23）

（九）

上联：抬头望月月不语；下联：（请对下联）

下联：凌空飞天天无言。

释：飞天，见敦煌莫高窟壁画。出自佛经，天，对神之尊称，谓之天人。古代艺术家创作“飞天”形象：不长翅膀，不生羽毛，凭借飘逸衣裙、彩带，凌空而舞。

（2024—05—07，11：37）

(十)

上联:半盏清茶听夜雨;下联:(请对下联)

下联:独酙醇酿观晨雪。

释:上联写寂寞之情;下联言孤独之心。彻夜难眠,独饮烈酒,虽是寂静观雪,却难掩孤独之身。

(2024—05—08,14:34)

(十一)

上联:冬寒山色淡;下联:(请对下联)

下联:春暖樱如云。

释:樱花盛开,犹如春季浮云,疏密有致。审美观赏能感受到樱花白色的层次感。

(2024—05—17,05:18)

（十二）

上联：推窗寻月影；下联：（请对下联）

下联：酙酒望星空。

释：上联：“寻”一字，有左顾右盼之迫切。

下联：“酙”“望”二字寓有深意，酙而不饮，凝视而望；颇溢敏思而深沉之意。

（2024—05—07，09：48）

（十三）

上联：雪落千山静；下联：（请对下联）

下联：风吹竹林鸣。

释：春天，不只是山清水秀，更有万物茁长的勃勃生气。

上联的意境是出自静景；下联以吹、鸣二字勾画江南竹林之生机。

（2024—05—06，07：41）

(十四)

上联:茶香四溢飘千里;下联:(请对下联)

下联:丝白万缕走古道。

释:古代丝绸之路,素以茶、丝为贵重商品。

下联应顺词组的对仗,但诗意之眼筑在“古道”二字,喻义西域之路,丝、茶通商则将上下句构成完整的意境;由此,上联之“飘千里”并非故作夸张,有了合理性。

(2024—05—05,18:54)

(十五)

上联:一盏闲茶消世俗;下联:(请对下联)

下联: 半截砚墨飘书香。

释,书香有二义:一,书写带墨香;二,社会之读书风气。

“半”字有别意,一是与上联数字“一”对仗,更是喻义读书、砚墨书写之用功。

(2024—05—05,05:04)

（十六）

上联：竹影摇窗添雅趣；下联：（请对下联）

下联：瀑布掩洞探通幽。

释，窗外微风，吹竹摇枝，意境眼：摇，以摇生趣。

瀑布成水帘，洞深曲径，若明若暗，意境眼：探，唯细探方得通幽之境。

（2024—05—03，05：16）

（十七）

上联：清风徐来花自舞；下联：（请对下联）

下联：洋河未酙人已醉。

释：洋河，即白洋河。因每逢汛期，白浪滔天，望之如洋而得名。江苏名牌白酒产地洋河镇，故以洋河为商标。此句“洋河”为双关语，洋河既是滔滔清江水，呼应上联之徐徐“清风”，又是烈酒易醉。

（2024—05—02 05：19）

(十八)

上联:雪落梅花艳;下联:(请对下联)

下联:雨打芭蕉翠。

释,景,一北一南。上联:隐含江南丝竹名曲:“梅花三弄”,写梅花傲霜斗雪。下联:雨打芭蕉,系南粤乐曲,抒发羁旅思乡、闺怨相思之情。上句咏志,下句抒情。

(2024—05—01,11:23)

(十九)

上联:最是一年春好处;下联:(请对下联)

下联:功在千秋志年少。

释:每年春天是最灿烂、朝气的季节。人的一生要有作为,建功立业,须从朝气蓬勃的少年立志开始。鸿鹄之志,乃个人之幸,家之幸,民族之幸。

梁启超说得真切:“……今日之责任,不在他人,而全在我少年。少年强则国强。……少年进步则国进步。”可见,少年立志教育的重要。

(2024—04—26, 06:33)

(二十)

上联:诗书得古趣;下联:(请对下联)

下联:玉石品韵味。

释:读典吟诗,考量国粹,是文人的本业。得闲玩玉石也不失为雅趣。羊脂白玉,鸡血(昌化)、寿山、青田、巴林四石,堪称珍稀。尤以天然鬼斧神工的色彩、纹理最显灵气。古人云,玉石之气韵,在于山水之灵、文人之赏。故而鉴赏玉石亦是研究国粹的传统文化。

(2024—04—22,05:11)

(二十一)

上联:红楼藏宝玉;下联:(请对下联)

下联:潇湘焚诗稿。

释:《红楼梦》第97回,林黛玉将痴情付之一炬。潇湘即潇湘馆,是黛玉居处。

黛玉先葬花,后焚稿;宝黛之爱情悲剧,被推至高潮,此情此景堪称《红楼梦》中的绝唱。前者是曹雪芹的妙笔,后由高鹗赓续锦上添花。

(2024—10—23,06:32)

(二十二)

上联:红楼千古梦;下联:(请对下联)

下联:金陵满目槛。

释:《红楼梦》第 63 回,妙玉写了一句贺词祝福宝玉生日:“槛外人妙玉恭肃遥叩芳辰”。妙玉心性高洁、气质如兰,住大观园栊翠庵,奉佛带发修行,显然,人在俗世之“槛外”。但,身居红楼,与众金钗情同姐妹,内心却融于“槛内”,不过是“不合时宜,权势不容”而已。

细读《红楼梦》,梦生死,梦富贵,梦情爱,哪个身心不在“槛内槛外”?

红楼之外的金陵,乃社会之大千世界,芸芸众生,都超脱不了这一人生的悖论。

(2024—10—24,06:33)

(二十三)

上联:红楼梦里藏聊斋;下联:(请对下联)

下联:宝玉花前读西厢。

释:《红楼梦》第 23 回,“宝玉携了一套《会真记》,走到沁心芳闸桥边桃花底下一块石上坐着展开《会真记》,从头细玩”。《会真记》是唐代元稹著的传奇文学,又名《莺莺传》。后由元代王实甫将传奇改编成杂剧《西厢记》。文学史有一说,《会真记》即原始版《西厢记》。

《西厢记》(《会真记》)均是歌颂爱唯美。宝玉摒弃四书五经,而沉迷花前月下男女的浪漫,足见其性格的叛逆。

(2024—10—27,08:35)

(二十四)

上联:文人笔下多风骨;下联:(请对下联)

下联:圣贤授业无宵小。

释:风骨,可取义刚正,骨气;宵小,小人也。上联,说做人,傲风骨;下联,讲育人,远小人。

古代先哲十分强调人才之教育和培养。育人,以德为先,即所谓“德教溢四海”(孟子语)。德育的一个本义,是用虚怀若谷,言行一致;清高行洁,德才兼备;先天下之忧而忧,后天下之乐而乐的君子之道,熏陶、训诫子弟。而此,古人直言:“贤士不可不举”,“尚贤者,政之本也”(墨子语),将教育、培养崇德任重致远的人才,作为立国之本,实是警策之言。

(2024—04—21,05:03)

（二十五）

上联：青山不墨千秋画；下联：（请对下联）

下联：二泉映月百年曲。

释：释义有二。其一，二泉映月，是民间艺人阿炳创作、演奏的二胡名曲，已传承近百年。其二，景色：映月，不墨乃虚实对仗。若置身青山绿水间，聆听天籁之声“二泉映月”，恍惚已入仙境之中。

（2024—04—19，05：30）

（二十六）

上联：夏日荷花香满池；下联：（请对下联）

下联：中秋桂子醉坊间。

释：风荷清香似泉，微甜；桂子香浓如酒，醇醉。

自唐以降，历代诗人骚客均喜将荷莲作题。诸如，周邦彦的“燎沉香，消溽暑”（《风荷举》），赞美风荷堪比沉香，清淡不腻；李白赞荷花与采莲女“共一语”（《采莲曲》），盛满着情思；王昌龄的“荷叶罗裙一色裁”，则将荷花比作青春少女（《采莲曲》）；白居易更妙，小娃“偷采白莲回”，荷花成了少年心中的童话（《池上》）；李商隐的“惟有绿荷”“卷舒开合任天真”，诉说荷花的天真烂漫。概括而言，诗人笔下的荷莲则释风荷香莲，夏日之唯美。

更值得一提的是，北宋词人周敦颐的《爱莲说》。周词赞荷莲“出淤泥而不染”的风骨，“香远溢清，亭亭净植”，俏而不媚的风姿，“莲花之君子”的品格。周词写尽了荷莲的人格美，而成为流传千年的“绝唱”。

览阅唐宋名家的诗词，若不是抄作业，对联也成了难选之题。现仅取“香”字而应之。

（2024—05—03，05：09）

（二十七）

上联：湖边杨柳钓春色；下联：（请对下联）

下联：树下诗客吟夕阳。

释：垂柳，湖水，夕阳是静景，由近及远；夕阳映湖水，水衬绿柳，色彩多层次；

诗客独行，低吟抒怀，乃动态，见情；静动互衬，情景融一，构成一幅春晚图：临近黄昏，暮曰寂静，诗客踯躅湖边，面对垂柳、夕阳低声倾诉，或是怨，或是叹，或是悲……

至此，诗的韵味淡淡溢出。

（2024—04—14，07：30）

(二十八)

上联:点点红梅斗霜雪;下联:(请对下联)

下联:星星渔火听细雨。

释:上联,岸边日景。红梅争艳斗霜。写无声的闹;下联,江中晚景。寒冬之夜,渔灯闪烁,万籁俱寂,夜宿渔舟,唯听淅淅沥沥细雨声。写的是有声的静,静得深,静得沉。

这是中国诗歌美学的精华。

(2024—04—29,05:30)

(二十九)

上联:杨柳依依春色好;下联:(请对下联)

下联:细雨蒙蒙踏青难。

释:早春晨曦,见绿柳嫩芽,欲出门踏青,无奈绵绵细雨,犹豫止步。

(2024—04—12,20:58)

（三十）

上联：鸡啼晨破晓；下联：（请对下联）

下联：鸟鸣山更幽。

释：乡村从沉睡中醒来，又恢复人欢犬吠的生气。清晨破静之闹，不着一字，尽在不言中。上下两句的意境眼是：静，闹。下句，似闹实静。上句，止静启闹，闹，是在读者的审美体验中。

（2024—06—16，19：25）

天问·雪

遂古之初，谁能道之？

上下未形，何由考之？

——屈原《天问》

这是《天问》的起始之句。十六字看似平常，但屈原以气吞山河之势发出了旷世之问。

且译成白话：

在人类之前，天地形成的信息是怎样传递的？

人未有记忆，未看到有形事物是怎样认识天地宇宙的？

读这诗句，仿佛看见二千年前的屈原站在昆仑之巅，仰天长啸，向苍天发问：天（宇宙）的秘密。春秋战国的屈原之问也为当代科学家和智者留下探索宇宙奥秘的方向。

除了毛泽东同志的《沁园春·雪》，很难找出如此极强冲击力的诗句。难怪文学史家们会得出一个共同评价："千古万古至奇之作。"

若说,《天问》的诗风可称“奇”;那么,毛泽东同志的《沁园春·雪》必可谓“绝”。

诗坛大家柳亚子读后拍案惊叹:“千古绝唱。”陈布雷则将“绝”具体化了。陈氏评说:“气度不凡,真有气吞山河之感,是当今诗坛难得的精品。”

毛泽东同志诗词《沁园春·雪》贯注着压倒一切的气势,这是非屈原可同日而语的。若作深思,“问天”留下未解的悬念,并非单一的宇宙之谜;其求索的是:谁是宇宙的主宰?

《沁园春·雪》做出了惊世骇俗的应答:天,不是主宰;也不是天授神权的帝王;历代帝王秦皇汉武、唐宗宋祖、成吉思汗都不够格。

毛泽东在延安同文艺界友人谈及《沁园春·雪》创作时,揭开了谜底,主宰世界(天地宇宙)的,是“数风流人物,还看今朝”。风流人物,乃是人民群众。唯人民群众才是创造历史、主宰天的真正英雄。谜底揭晓,再重读屈原的《天问》,兴许有新的感悟吧!

(2024—04—03,06:48)

以禅入诗

诗的境界:以禅入诗。

文学家元好问有佳句:“诗为禅客添花锦,禅是诗家切玉刀。”

当代诗学家袁行霈先生曾下过结论:“禅对诗的单向渗透,诗赋予禅的不过是一种形式。”这一言说,在诗学界颇有权威性。然而,也有异见。元代诗文家元好问的“诗”“禅”说,明白无误地说清楚,两者双向渗透:以禅入诗,以禅喻诗。

中国的禅学讲究内心体验的悟性,这对中国诗学崇尚直觉、感性诗一个审美互补和提升。

两者互渗才是诗学的最高境界。

(2024—03—29,16:14)

附　录

头条 AI:吴士余

吴士余出生于 1945 年,男,汉族,浙江镇海人,中共党员,中国作家协会会员(1985 年入会)。以下为你展开介绍:

● 出版行业任职:曾任上海人民出版社编辑、《书林》编辑室副主任、《中外书摘》杂志主编,上海人民出版社副社长、副总编辑,上海人民美术出版社社长、党委书记,编审。上海三联书店总编辑、《书城》杂志社总编辑。

● 学术组织任职:《中国美术分类全集》总编委、副总编辑,全国毛泽东文艺思想研究会理事,中国中外名人研究中心理事,中国国际名人协会常务理事,英国剑桥传记中心委员。

个人作品:著有《野草集》《古典小说艺术琐谈》《水浒艺术探微》《文学,现代人的思考》《小说形象新论》《中国小说思维的文化机制》《中国小说美学论稿》《艺文杂谭》《中国文化与小说思维》

《边缘阅读》《雾里看花》《中国古典小说的文学叙事》《再望理性》《行走文坛》等。

获奖情况：

●《园林文化与中国小说思维的空间效应》获《国际优秀论文奖》

●《论毛泽东文艺批评观》获毛泽东文艺思想研究学术论文一等奖。

●《出版定位的文化思考》获全国理论创新优秀学术成果二等奖。

● 1999 年，获世界文化名人奖(香港)。

吴士余作品在以下方面有着独特的见解：

在文学评论方面，他对中国古典小说和现代文学作品的分析常常独具慧眼，能够从独特的文化视角剖析作品的内涵和艺术价值。

在小说艺术研究方面，他对小说的叙事结构、人物塑造、情节发展等元素有着深刻而独到的理解，挖掘出许多被忽视的细节和深层次的文化内涵。

在探讨文学与文化的关系时，他能够敏锐地指出文学作品所反映的社会文化背景和对文化传承的影响，为读者提供了全新的思考角度。

在对文学作品的审美分析中，他提出了与众不同的审美标准和评价体系，丰富了文学批评的维度。

后 记

在新媒体写随笔，还是在二年前。积累至今竟有三百余篇，现筛选近二十万字编集。

此刻，有一种“老来得子”的喜悦。倒不是年过八旬又添新著，实是新媒体书写得到出版界的认可，实至名归。

新媒体写作，不同于做学问，必须直面社会、直面现实、直面话题。应时应势而直言。这也是考察、磨砺写作者的知识积累、思维逻辑，以及“三观”对历史、时代的应答。这段经历是陌生的，也是难忘的。

网络化信息时代，图书出版受到新媒体的挑战：信息更替的高速，致使行业面临生存的困境。如何突围？是出版界面对的沉重活题。

笔者的随笔，能否融入市场，带来效益仍属未知。但在碎片化阅读呈现一种趋势时，新媒体书写融入图书出版也许是适应新阅读的一种尝试。

本书得到新生代出版人毛小曼女士、黄磊先生的支持。这不仅是对一个出版老人的敬意，更是对出版业如何突围表达一种勇气和思考。

《草根谭》的出版，并非内容书写如何，主要归结于新媒体应时创造网络文体，出版人应对挑战的文化效应。

岁月流逝是无情的，笔者的文思也渐枯难续，就此到站下车。但对新媒体、新出饭的合作，拓展新时代的文化传播，则热切期待着。

作为试水新媒体的作者，也别有一番体验：

参与头条，收获颇丰。知舆情，结友好。

偶发议论，则尽力倾真情，诉诤言。作文也是做人。不矫情，不浮躁。要说收获就是有一段值得记忆的心路。

今步入耄耋之年，难免望文兴叹，现戏作一小诗权做小结。

指尖启手谈，文落草根谭；
谋篇寸心知，直言见肝胆。
观繁花人间，议风雨史坛；
莫道释义易，秉夜独悟禅。

吴士余

2025 年　春节